U0869684

开普勒62号

低语者的城市

[芬兰] 提莫·帕维拉　著
[芬兰] 帕西·皮特卡能　绘
冷聿涵　译

GUANGXI NORMAL UNIVERSITY PRESS
广西师范大学出版社
·桂林·

DIYUZHE DE CHENGSHI
低语者的城市

出版统筹：汤文辉　　责任编辑：戚　浩
品牌总监：李茂军　　助理编辑：纪平平
选题策划：李茂军　戚　浩　　美术编辑：刘淑媛
版权联络：郭晓晨　张立飞　　营销编辑：李倩雯　赵　迪
责任技编：郭　鹏

图书在版编目（CIP）数据

低语者的城市 /（芬）提莫・帕维拉著；（芬）帕西・皮特卡能绘；冷聿涵译. --桂林：广西师范大学出版社，2023.5
（开普勒 62 号）
ISBN 978-7-5598-5892-4

Ⅰ. ①低… Ⅱ. ①提… ②帕… ③冷… Ⅲ. ①儿童小说－幻想小说－芬兰－现代 Ⅳ. ①I531.84

中国国家版本馆 CIP 数据核字（2023）第 044864 号

广西师范大学出版社出版发行
（广西桂林市五里店路 9 号　邮政编码：541004
网址：http://www.bbtpress.com）
出版人：黄轩庄
全国新华书店经销
北京尚唐印刷包装有限公司印刷
（北京市顺义区马坡镇聚源中路 10 号院 1 号楼 1 层　邮政编码：101399）
开本：880 mm × 1 240 mm　1/32
印张：8　　字数：130 千
2023 年 5 月第 1 版　　2023 年 5 月第 1 次印刷
定价：58.00 元

开普勒62号

低语者的城市

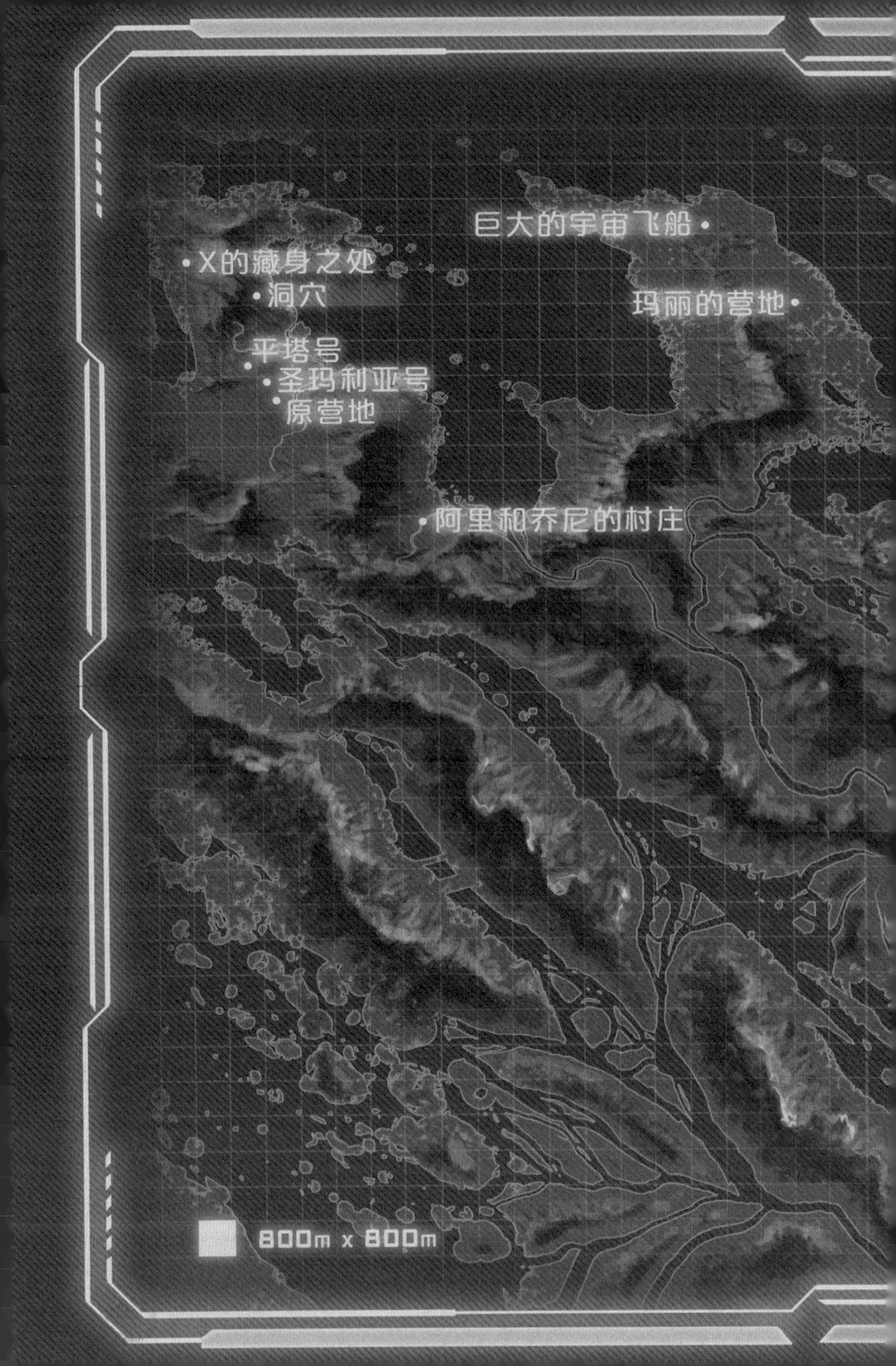
巨大的宇宙飞船
X的藏身之处
洞穴
玛丽的营地
平塔号
圣玛利亚号
原营地
阿里和乔尼的村庄
800m x 800m

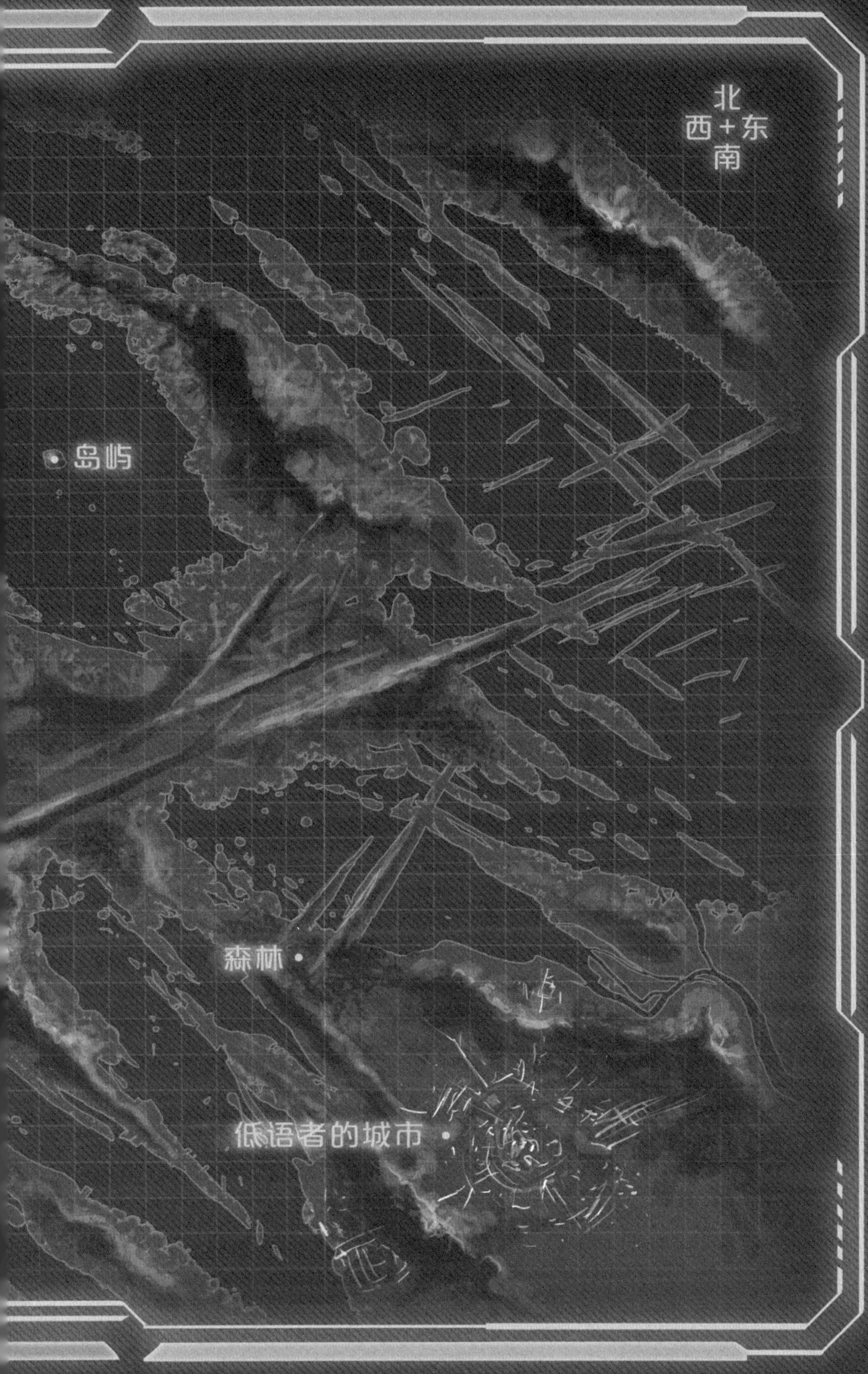
北
西
东
南
岛屿
森林
低语者的城市

目录

女孩醒了。深夜的寂静让人感到压抑，就连吱吱叫个不停的昆虫也安静下来。

“我要走了。”爸爸低声说道，并在女孩的脸颊上印下一个吻。

第一章

乔尼漫不经心地摩挲着口袋底部的补丁，他皱了皱眉，终于把看向地面的眼睛抬起来，对着自己的同伴咧嘴笑了笑。

“蓝色的夹竹桃。”

“蓝色的艾蒿。”

“迎宾花。”

“送客花。”

“土气的黏黏糊糊的花。”

“一定有毒。”

虽然面前的起名讨论热火朝天，但从石头缝中钻出来的蓝色花朵并没有受到打扰。它深深地扎根在土壤里，在如此贫瘠的环境中，与它争夺地盘的竞争者根本不存在，它也像成功占领地盘的胜利者一样骄傲地绽放。乔尼和 X 的视线在空中相遇，然后他们同时爆发出一阵笑声。

“这可太棒了。”乔尼感叹道。

“我们可以随心所欲地给所有看见的东西起名字。”X 的声音透露着显而易见的欣喜，她伸手擦拭掉脸颊上刚刚笑出来的泪水。

“那你呢？你想改名叫狐狸吗？”乔尼问道，但还没有等到回答，他便又迫不及待地开口说道，“或者叫梅根、奥西、弗里西亚、罗伯特？也许你更愿意叫作麦克西、贝蒂？”他滔滔不绝，没有意识到朋友的心情已经发生变化，“我们得给你想一个比 X 更好听的名字。X 甚至算不上是一个名字。唔，它就像一个符号，代表一个未知数。”

纤瘦高挑的 X 把身体的重量压在她总是随身携带的长矛上。长矛像与她的手长在了一起，无法分开。然后，X 转身背对着乔尼。

“嘿，”乔尼惊慌地说道，“你不是生气了吧？不管你是叫 X 还是叫 Z，我都不介意。”

“安静点，你根本不知道自己在说什么。”

“没错，可这是因为你什么都不告诉我。我只知道你是从地球上的某个基地里逃出来的，手臂上文着 X 的标志和一些其他符号。除了这些，我对你一无所知。也许你还是个连环杀手呢，这谁也说不准。”乔尼试图缓和眼下的气氛，但是话一出口反倒内心一紧。你怎么知道一个人的躯壳里装着

怎样的灵魂呢？

X 把袖子往下拉，盖住手臂上的文身，就好像它刚刚被炽烈的火花击中过，带给她莫名的刺痛。她阴郁的眼神投向这个比自己矮一个头的卷发男孩，他们两个并排站立，看着脚下向远处延伸的风景。

经过数日的跋涉，他们终于抵达了两座高大山峰之间的低洼处，也就是山脉的鞍部。在沿着山坡继续向下前行之前，他们在原地短暂地停留以积蓄力量。下山的道路上长着稀疏的树木，几乎没有其他植物。放眼望去，映入眼帘的只有星星点点的蓝色花朵。乔尼觉得自己好像身处一个奇怪的梦境中——他并未来过此地，但一切看起来都很熟悉。然而这并不是梦，他在一个距离地球一千多光年之外的陌生星球上，这是他第一次见到这些景色。

乔尼把视线转移到更远处的山谷中。山谷的入口布满了密密麻麻的树木，树林中间有一个湖泊，平静的水面像一面光滑的镜子一样反射着太阳的光芒。从上往下眺望，很难估计他们到山谷的距离有多远。下山的路到底有多长呢？他们还要走多久才能穿过森林，抵达森林后方那片开阔的平原呢？森林看起来十分辽阔，它后方如平底锅一样的平原一望无际，似乎一直延伸到天边。

“你觉得阿里会在那边的某个地方吗？”乔尼瞥了一眼身边的同伴，确定她已经不再生气后，开口问道。

X 耸了耸肩膀。

“如果他是去找低语者的话，森林后边的某个地方可能就是它们的家。毕竟，据我们所知，低语者生活在草原上。至少我们上次见到它们的时候是在草原上。”乔尼犹豫地说道。

阿里离开的时候说过他要去寻找真相。这是他们唯一的线索。这或许意味着阿里要去寻找被称作低语者的生物，它们可能是这个星球真正的统治者。出于某种莫名的原因，乔尼有一种强烈的感觉：他们如果找到了低语者，那么也会找到阿里。也许正是低语者给了他力量，让他对这种感觉如此确信。低语者可能通过控制思想的方式把信息传送到他的脑海，让此时的他突然有一种坚定的自信。要是这个星球上真的有一个神秘的真相，那么低语者一定会知道吧。

不过，寻找阿里这项任务几乎不可能完成。他们根本不知道阿里是同他们一样翻山越岭，还是在此之前就已经向相反的方向走了，因此他们在偌大的平原的某处找到他的可能性十分渺茫。

“我……”

没等他把话说完，X 突然用手捂住他的嘴巴，并拉着他藏在岩石后面。之前一直在他们身边悠闲地躺在地上的影狮也站了起来，喉咙里发出警告般的声音。它像长矛一样的尾巴在空中挥舞，唰唰作响，巨大的尖耳探听着地面的颤动。

第二章

营地

他们并没有被关在笼子里，而是被关在一个个类似金属集装箱的房间里，一侧是门，另一侧有外部用钢筋封住的狭小窗户。或许用钢筋封住这一举措有些多余，因为窗外一块20公顷的荒地被电围栏严密地围住。在围栏外，寸草不生的荒地一直延伸到看不见的地方，唯一的地标就是地平线上若

隐若现的森林和连绵的群山。20 公顷的荒地中央是由数百个集装箱组成的 531 号营地，营地的大门上方刻着大大的金属字：联邦是我们的朋友。

“我听说，从这里离开的时候，我们就成了科学家——至少我们当中的一部分人能成，比如那些最聪明的。据说，我们会获得超能力，在那之后便能解决任何问题，不管多么困难的问题都可以解决。”

说话的人是R3，这当然不是他的原名，不过现在大家都叫他R3。进入营地后，所有孩子都会被刺上一个文身，然后他们以前的生活就彻底不复存在了。

“可是我听说，他们会把我们全部吃掉。胖的人被做成烤肉，剩下的被做成沙拉拼盘。”W装作一副无所不知的样子，他灰色的眼眸里没有一丝笑意，但谁都知道，绝对不能把他的话当真。

“你可真恶心，再说了，谁会想吃T？”

他们转头看向今天过生日的一身盛装的主人公。他以往每天穿的灰色连体服换成了一件白色长袍，头上戴着一个塑料花环。营地的最高长官，脸型似貂的沃尔特叔叔把手中的金色号角递给面前这个身材矮小的、因为紧张而浑身颤抖不已的男孩T。男孩小心翼翼地捧着号角凑到嘴边，像捧着一个易碎的珍贵宝物。沃尔特叔叔点点头，鼓励般地冲他笑了笑。T吹响了嘴边的号角。

凄厉的号角声直冲云霄，营地里的守卫犬都仰起了脑袋，一同向天咆哮，这些家伙实际上是凶猛的野兽。紧接着，营地里的一百多个孩子也开始尖叫、咆哮和号叫，这些声音像是从灵魂深处发出的呐喊。直到沃尔特叔叔抬起手，所有人和犬都安静下来，只有狂风肆无忌惮地抽打着电围栏上的一

根根电线，它们在阳光下闪闪发光。狂风发出阵阵怒号。

“我们聚在一起庆祝你从今天开始全新旅程。以伟大的联邦的名义，我很高兴也很荣幸送你走出大门。在大门外，你将面对崭新的未来。出生的时候或许上天赋予你的并不多，但你很幸运出生在这样一个充满爱的世界，联邦愿意为所有人提供帮助。看看你周围的同伴，昨天你还是他们中的一员，今天你就成了我们当中的一员。这个营地有些简陋，但之所以如此是有充分理由的。你在这里一天天成长，也为将来进入社会做着准备。你对未来一无所求时，却往往会得到一切。”

“一块牛排。”H小声说道。

“可乐。”RQ说着咽下了就要流到嘴边的口水。

“灌肠。”W笑着说。

举办典礼的讲台前停着一辆破旧的灰色面包车。身穿灰色制服、面无表情的司机打开后车门，沃尔特叔叔把今天的主人公送上了车。然后他亲了亲满脸紧张的男孩的脸颊，并关上了车门，最后敲了敲车顶。这辆电动面包车迅速启动，穿过人群，直奔由重重武装守卫看守的大门。守卫犬的训练师早已把狗牵到路边相送，这也是送别仪式的一部分。

营地的孩子们望着面包车消失在荒地上方腾起的尘土中，他们很清楚，从此以后再也不会听到关于T的任何消息了。此时，所有人的注意力都投向整个盛典的下一个环节。他们每一个人都收到了一个由可食用的纸板制成的盒子，盒子里装着一根煮熟的玉米，这是此次庆祝活动中他们最期待的。

一个名叫 X 的女孩望向棕色的沙漠和依旧飘浮在空中的尘土。她不由自主地颤抖了一下。两周后，她就要年满13岁了。

第三章

乔尼想要张嘴说话，但 X 还是把手掌捂在他的嘴巴上。他试图挣脱以获取自由，但没有成功。最后，他狠狠地咬了女孩的手心一口，才迫使女孩松开手。

“你听见什么了？”乔尼小声问道。

兜帽下的眼神闪烁，女孩却没有回答乔尼的问题。

“不管是什么，希望现在已经平静下来了。”乔尼指着影狮希望说道。希望再次趴在地上，轻轻地舔着趾甲间的缝隙，似乎在清理以前留下的食物残渣。

女孩点点头。

“难道是……”乔尼很难开口说出这个名字。有时，他在睡梦中惊醒，还能感觉到有一双粗糙的大手正死死地掐住他的喉咙。如果那时影狮没有及时赶到山洞，男人早就掐死他了。

“瓦利为。”乔尼动了动僵硬的嘴唇，“如果是他呢？他一定想要向我复仇。”

乔尼下意识地看向 X。如果他期盼能够从自己的同伴那里得到任何安慰，比如说几句温暖的话或者把手搭在他的肩膀上以示安抚，那他一定会失望。X 开始整理他们为数不多的行李。

“我实在受不了你这种含糊不清的态度。”乔尼痛苦地叹了口气。

“我们必须出发了，这样在夜晚来临之前才来得及找个地方过夜。下山的路上没有适合露营的地方。”X 一本正经地说道，但同时她的嘴角微微抽动，似乎在竭力忍住笑意。

X 把背包甩到肩膀上，乔尼照做。希望伸了个懒腰，把长长的舌头伸出嘴巴，打了个哈欠，然后以一种略显奇怪的方式慵懒地随他们前行。因为希望的后腿与前腿的长度不成比例，所以从远处看，它就像袋鼠一样弹跳着。它并没有紧跟在乔尼和 X 的身边，却也没有让他们离开自己的视线，同时它还在不停地寻找猎物。高地上动物的身影很少见，这就是 X 总是十分担忧地看着影狮日益突出的两排肋骨的原因。

旅途一开始，乔尼对自己迈出的每一步都无比慎重。一切都是新奇的、古怪的和可怕的。路边的石头上可能附有毒液，水坑里的液体可能是能把所有东西都腐蚀掉的强酸，美丽诱人的植物可能是隐藏在地下的大型蠕虫的诱饵。然而，他还是逐渐放松下来了。路边的石头只是一块平淡无奇的石头；水坑里的水喝完之后也不会把人烧成筛子；就算随手摘下路边的植物，也不会打开通向地下怪兽嘴巴的大门。

开普勒 62e 星球在许多方面与地球相似，毕竟，在整个宇宙中，各个星球都是由基本相同的物质、依据类似的原理构成的，区别可能是这里的物质排列顺序有所不同。即使只用几支不同颜色的粉笔，也有很多种给白纸着色的方式，更何况这里的粉笔远不止几支。

空气闻起来非常新鲜，有一种甜甜的烤面包的味道。可能是路过的风将山谷底部的草本植物的芳香席卷而起，挥洒在空气中。这股味道有一种很奇妙的吸引力，吸引人加入一场神秘的宴会。他们脚下的土地没有任何被触碰过的痕迹，稀疏的植物均保持着完整的形态，这表明这条路从来没人踏足。这个事实让他们有些担心。阿里真的来过这里吗?

乔尼回头望去，想看看他俩留下了什么样的脚印，然而坚硬的土地上什么印迹也没有留下。只有希望锋利的趾甲尖在地上留下了针眼般的痕迹，仿佛有人用巨大的缝纫机缝制过一样。乔尼松了一口气。哥哥很可能走过这条路，只是和他们一样没有留下任何印迹而已。

“咕噜姆。”乔尼叹了口气。

“什么？”

“咕噜姆肯定在跟踪我们。”

“那是什么？”

“《指环王》里的角色，《指环王》是一个超级古老的游戏，我和阿里经常一起玩。”

“啊，这样啊。”X说道。

“你难道不知道他吗？”

“我当然知道。这个游戏我玩了很久，我有一个幸福的童年。”

“幸福？你不是一直待在那个营地里吗？”

“那是一个幸福的营地，里面住着许多幸福的孩子。”

男孩、女孩和影狮继续沿着道路前行，各自陷入自己的思绪中。乔尼把手放在口袋里，摩挲着底部的补丁，仿佛这个动作能给他带来安全感，让他有勇气走下去。

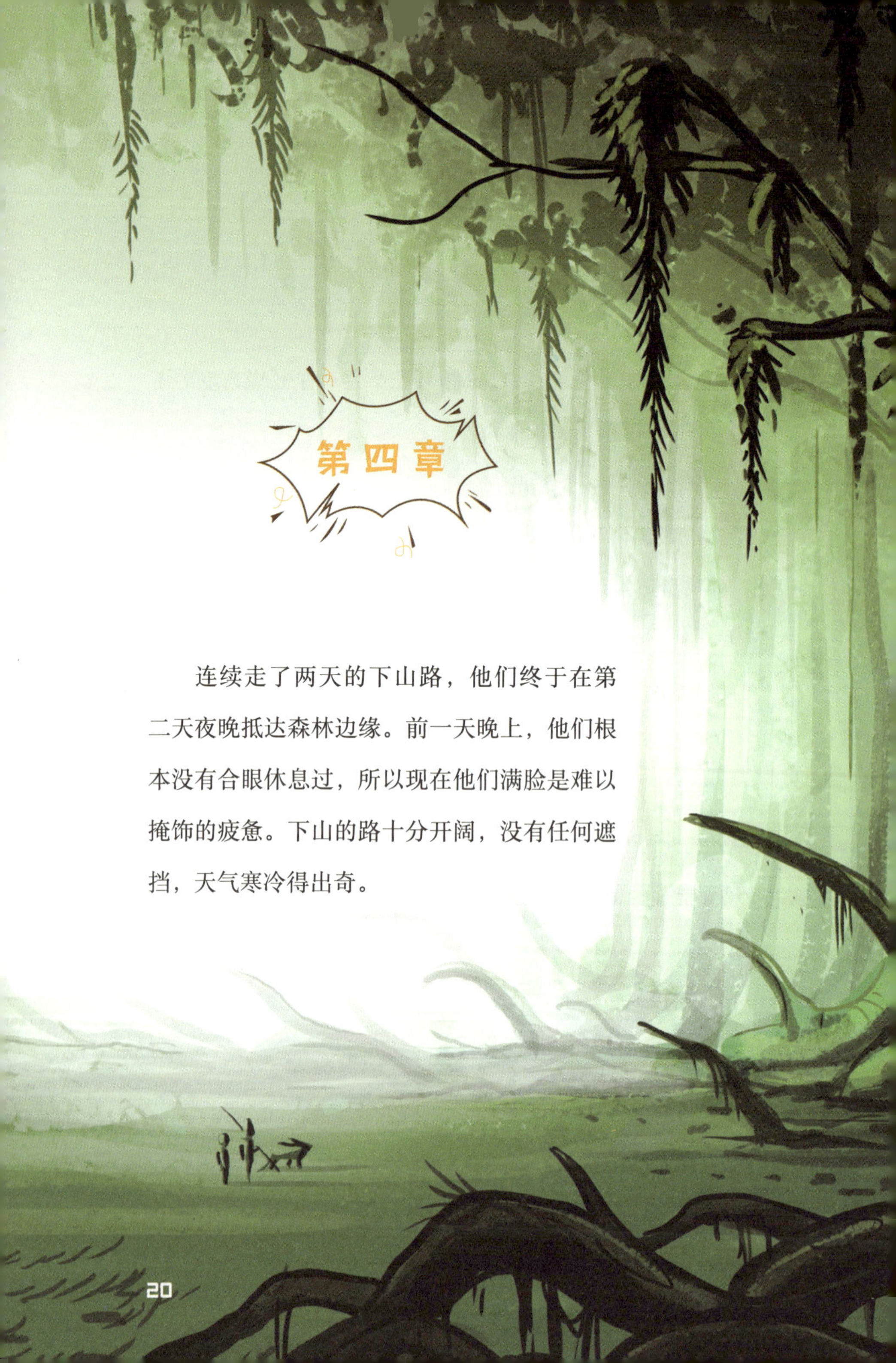

第四章

连续走了两天的下山路，他们终于在第二天夜晚抵达森林边缘。前一天晚上，他们根本没有合眼休息过，所以现在他们满脸是难以掩饰的疲惫。下山的路十分开阔，没有任何遮挡，天气寒冷得出奇。

从半空中看，枝繁叶茂的森林显得平静无害。森林边缘一直蔓延到与山谷相连的峭壁上。根据所见，他们判断，森林后面迎接他们的将是开阔的平原。而现在他们不得不面对残酷的现实——眼前的一面面直冲云霄的“树墙”。

“这真的太高了。”乔尼叹气道。

“这里绝大部分树木的高度肯定超过了 100 米，甚至能有 200 米。”X 估计道。

“我们……我们一定得穿过这片森林吗？”

乔尼犹豫地看着面前由参天大树组成的迷宫。太阳落山后，这里毫无疑问会变成一个阴暗恐怖的所在，黑暗将吞噬掉所有的细节。而那个时候，就不能完全靠眼睛来探索这片迷宫了，他们更需要调动全身上下的感官来感知这里的一切。密密麻麻的参天树木神圣而庄严地矗立在天地之间，它们静静地审视着世间，散发着危险的气息。不知是否因为树顶距离地面实在遥远，就连风声都无法传过来，被隔绝在这森林迷宫之外。

“必须穿过去。”女孩简洁又坚定地答道，“我也希望我们可以绕过这片森林，但是与之相连的山脉都太陡峭了。因此，到达对面的唯一比较容易走的路就是穿过这片森林。”

“路？这条路可真的太离谱了，甚至都没有可以下脚的地方。”

“我们暂时先在这里扎营，等到明天早上再看看情况。”

“说到这儿……”乔尼边说边看向希望。

影狮位于距离他们 20 米远的身后，黑暗中一双无比明亮的眼睛仿佛在燃烧。他们听见了它喉咙中发出的嗞嗞声，尖锐又刺耳，这代表着警告和戒备。

“看来它也不喜欢这个地方。”乔尼小声说道。

X 不在意地耸了耸肩膀，拿出一张轻薄而又保暖的高科技针织物，把它展开铺在地上。接着，她又从背包里掏出两支营养剂，把其中一支递给了乔尼。

“回来的时候我们就没有东西吃了。”虽然说着如此沉重的话题，X 的语气依旧十分轻快，就像在商店里和售货员说要买两瓶牛奶一样轻松，“现在，我们的身后只剩下一眼望不到头的山脉，目力所及之处找不到能吃的东西。所以，我们只能继续向前走，就这么简单。”

乔尼接过一支营养剂，一股脑地把里面的东西倒进了嘴里。他的思绪却飞到了遥远的营地，也就是他们逃离的地方。从地球带过来的食物日益减少，幸运的是强盗兔引起的问题最终得到解决。现在，营地里的人们可以自己栽种庄稼、收获粮食来填饱肚子，何况还有希望的姐姐火焰兽在村子里充当守护神。然而，这些对他们眼下的境遇毫无帮助。

“你觉得他们现在过得怎么样？你觉得丽萨和她的手下会听从斯温特莱纳的安排吗？”不出意外，乔尼的疑问宛如落入大海中的石子，没有得到一丝回音。

乔尼微微偏头看向X。X只喝掉了一半的营养剂，然后起身走到希望的身边，把另一半营养剂挤进了希望的嘴巴里。乔尼顿时为自己的自私感到羞愧。他本应该想到身边的希望还饿着肚子，要是没有希望的存在，他们无疑会面临各种想不到的危险，至少对他来说，他的人身安全将会受到威胁。X双手温柔地抚摸着希望脖颈上的毛。这只年轻的野兽先是忍耐了一会儿，片刻后便失去耐心，甩掉搭在自己脖子上的手，跑到森林边缘，趴在了地上。

“它明天会跟着我们一起上路吗？”乔尼担心地问道。

“这得明天才知道。”

乔尼毫无睡意地躺在地上，他把手伸进口袋，掏出一张皱巴巴的纸条。这是他和妈妈分开时，妈妈塞到他手里的。乔尼甚至不需要再去看纸条上的内容，因为他已经烂熟于心——要相信人性中的善，不要让希望的光熄灭，要无条件地去爱。

妈妈们总是这么正经，有时甚至让人“尴尬”，乔尼在心里笑了笑，小心翼翼地把纸条折起来放回口袋。他总是把这张纸条放在口袋的最底部。

“愿低语者保佑你。”乔尼幽幽地说道。

夜晚的寂静突然被黑暗中传出来的一阵声响打破。他们一下子就辨认出这个声音，因为当他们上下山时，脚下的石子滚下斜坡会产生同样的声响。乔尼侧身躺着，睁着眼睛思考，不知道这些石子是不是能够自己滚来滚去。

希望在黑夜里嘶吼。

第五章

恐怖

一名叫作“X”的女孩蹲在铁丝网做成的围墙前，目不转睛地盯着铁栅栏后面那双赤红的眼睛。凶猛的守卫犬就站在距离她不到一米远的铁栅栏的另一侧。结实的铁丝网将整个营地围得严严实实。守卫犬大张着嘴巴，露出一口雪白尖锐的獠牙。它们喉咙里发出的声响会让人想起远处咆哮的雷鸣。毛茸茸的大尾巴被守卫犬紧紧地夹在后腿间。X安静地等待守卫犬平静下来，她试图让自己看起来很放松，不要流露出一丝恐惧。

她的工作是给守卫犬一天喂一次饭。营地从来不允许给这些守卫犬喂太多吃的，因为这会让它们变得安逸懒惰。正因如此，这些守卫犬始终都很危险。

营地里的大多数孩子都在一个叫作“车间”的长长的建

筑里工作。每周都会有一辆长长的、像火车一样的巨大卡车拉着成堆的零部件进入营地，而孩子们的工作就是把零部件组装成太阳能电池板。然后，这辆巨大的卡车又来把组装好的太阳能电池板带走，送往显然需要大量能源的地方。“无法满足的能量需求。”X推测，他们所在的营地编号是531，这说明在同一时间，这个星球上还有数百个同样的营地在一起制作着无数的电池板。

当沃尔特叔叔询问是否有人愿意做喂狗的工作时，X是唯一举手的人。车间里单调乏味的流水线工作并不适合她。她当然也害怕那些体形巨大、皮毛黝黑的守卫犬，但这份工作至少会让她有机会每天到外面待一会儿，与其他人相比，可以在营地里稍微自由地走动一下。

现在在她面前露着獠牙的是这个群体里的雌性，它是这里有史以来最大、最可怕的生物，也是最迷人的家伙。X给它起了个名字：女王。为了表示对这只守卫犬领导地位的尊敬，X每天总是第一个喂它。

起初，她只敢在女王巡视的目光落在她身上时装作一副冷漠的样子，用木杆悬挂起野兔或者老鼠的尸体，把它们用力扔到铁丝网的另一边。X会耐心等待，一直等到女王不再盯着她看，而是半蹲下来，摆好一副随时攻击的姿势，像在下一秒就能够冲过去咬断她的喉咙。幸好还有一面坚固的障碍矗在一人一犬之间。

现在，这一人一犬的关系似乎到了一个不可思议的阶段，X可以小声地命令女王在正式开餐前趴到地上等待。女王当然不喜欢这种命令，X也不会误以为女王真的不会在这之后把她撕成碎片，但她们之间还是产生了这样一种由尊敬

孕育出的奇妙又复杂的关系。

X打量着这支守卫犬队伍。守卫犬一共有十只，队伍中的另一只雌犬跃跃欲试，想要挑战女王的权威。当X喂女王吃饭的时候，它总是安静地趴在附近，用无声的威胁播散着危险的气息。有几次女王站起来冲它咆哮，把它赶走，但每一次它都会跑回来，并且离她们更近。此时此刻，女王正把

刚刚得到的兔子撕成碎片，而那一只雌犬则在十米外虎视眈眈。X 静静地等待着这只资历很深的掌权者吃完饭，才把它吃剩下的残骸扔给其他流口水的守卫犬。最后一个得到食物的是女王的挑战者。它的脖子上有一圈浅色的毛发，因此 X 给它起名叫“条纹”。

“你得小心点，条纹心情不太好。”X 在离开女王去打扫守卫犬居住的笼子之前，小声地提醒它。荒地上空的太阳炙热得让人难以忍受，金属集装箱顶因为这灼人的热度不停颤动。X 环视向四周延伸的凄凉营地，这是她的家。她并不记得已经在这里住了多久，但她知道，不到两个星期的时间，一切都将发生改变。因为那个时候，她的 13 岁生日将如期而至。可奇怪的是，这些穿着灰色衣服的人是怎么知道她是在什么时候出生的呢？除此之外，关于她，他们还知道些什么呢？毕竟，就连她自己对于过去都几乎没有任何记忆。她脑海中仅存的一丝印象是母亲早逝，父亲也在一场大饥荒后消失了。要知道，在那场灾难中，昆虫都死了一片，平常扰人的叫声彻底从天地间消失了。她和其他在街上流浪的孩子一起被灰衣人像捡东西一样收罗到基地。在此之前，他们像流浪狗一样在街上游荡觅食。

森林。每到傍晚，当空气逐渐由炎热趋于凉爽，荒地上的风沙停止飞扬时，远方的森林便逐渐显露出轮廓。也许，它只是一幅巨大的画，只是一种疯狂的幻觉，但对X来说，它是无比真实的存在。那是她可以逃向的地方，如果她一直逃跑到那里……那又能如何呢？然而，眼前这虚实难辨的景象却寄托了她所有的希望。如果她打算逃跑，必须在13岁生日前行动，在那些工作人员把她关进车里带走前行动。为此她特地审视了一遍身边的伙伴，她清楚地意识到，她一个人根本无法完成逃跑这件事，她必须给自己找个同伴。营地里的大部分孩子都坚信，过了13岁生日后，迎接他们的将是更加美好的生活，因此他们一直都乖乖地遵守营地内的各项规则，没有丝毫抗争的想法。X的想法则与他们完全相反。这缘于她独特的天赋：她能敏锐地感知到欺骗的存在，就像女王对别人流露出来的丝毫恐惧格外敏感一样。

第六章

“它一定不会过来的。”乔尼的声音透着绝望。

“看起来如此。没有人能强迫它。”X说道。她的声音里也夹杂着担忧，甚至带着一丝恐惧，这让乔尼比之前还要绝望。X是能让他与外界对抗的堡垒，如果堡垒动摇了，那他的整个世界都会坍塌。

影狮在距离他们不远的地方摇晃着脑袋，面对X对它引诱般的呼唤发出了咝咝声。

“它更习惯在开阔的高原上奔跑，森林让它害怕。”X猜测道。

“难道……我们要把它留在这里？”

“你有更好的主意吗？”

答案当然是否定的。尽管如此，他还是觉得把希望抛弃在这里是所有糟糕的想法中最差劲的。男孩绝望地看着眼前似乎与天空连成一片的茂密森林和与森林相连的陡峭山脉。

“我们难道不能绕过它们吗，带着希望一起？”

X 摇了摇头。无须解释，乔尼已经知道除此之外再没有第二条路。乔尼下定决心，一把扑过去搂过影狮的脖子，紧紧地抱住了它。他想把所有的事情解释给影狮听，虽然知道这不会有丝毫用处。怀着沉重的心情，他们背起行囊，挥挥手向影狮告别，把影狮越来越焦躁不安的目光留在身后。不知过了多久。就在他们踏进森林的时候，他们听见了一声高亢、沉重、长笛般的悲鸣，这让乔尼的心脏不由得怦怦直跳。乔尼停下脚步，但 X 一把抓住他的衣领，拖着他向前走。

“你觉得它自己能找到回营地的路吗？即使没有我们，它也能够给自己找到东西吃，然后回到姐姐的身边？”乔尼试图跟上 X 的脚步，同时嘴巴也喋喋不休。

“这有可能。”X 喃喃道。乔尼从来不知道，X 说谎的技巧是如此糟糕。其实更有可能的是，他们回来的时候，会在同一个地方发现散落在地上、闪着森然白光的希望的骨架，如果他们还能够原路返回的话。

透过高大浓密的树冠洒下来的光，像夜空中的点点星光，神秘又迷人。这与乔尼曾经去过的营地周边的森林完全不同，那些森林更像地球上的丛林，温和而柔软。而他们此时此刻所

在的这片森林——严酷、贫瘠、残忍、充满敌意，这些都还不足以描绘这片森林带给乔尼的沉重感。灌木丛在这里绝迹，因为阳光很难到达地面，灌木丛得不到充足的光照。为了前进，他们必须爬过齐腰高的、曲折蜿蜒的巨大树根。这对他们来说是一项消耗不小的体力活。不一会儿，两个人都汗流浃背。

“至少现在没看见那些带电的光带。那可是另一回事了。”乔尼一边喘着粗气，一边回忆起在树上生活的奇怪生物，它们身上丝状的突起物上带着致命的电。

“但是，必须承认，我更愿意和那些带电的东西打交道，而不是这些像蛇一样恶心的树根。”乔尼艰难地越过了下一个障碍，依旧叽叽喳喳说个不停。

他们厌倦了不断的攀爬，尝试着绕过这些障碍物。最终，他们像巨大的弹珠一样，在这里漫无目的地移动，直到失去方向感，过了一会儿，又弹回到起点。希望正盯着他们之前留在地上的脚印，听见声响后抬起头，脸上的表情与突然回到原点的 X 和乔尼同样惊讶。

“一切顺利。”乔尼开心地和希望打招呼，但是当他意识到 X 已经转身返回森林时，脸上的喜悦立刻消失殆尽，神色变得一片黯然。“或许，很快又会再见面。”他朝着希望深深地叹了口气。

他们再次从头开始。这一次，他们尝试选取了眼前的一个固定点，然后沿着直线前进。这需要他们无休止地上下攀爬，乔尼觉得自己的肌肉都在燃烧。筋疲力尽、上气不接下气的乔尼瞥了一眼身后，森林的边缘就在他目之所及的地方。X 显然已经有了相同的发现，但她并没有一直向后看，而是一边抬头望，一边揉着脑袋，背在身后的长矛随着她攀爬的动作反复敲打着脑袋的同一个地方，那个地方鼓起了一个肿块。

“直说吧……”乔尼注意到 X 的目光落下的方向后感到忧心忡忡。

“如果一点儿光都透不进森林里，那么这些树木的树枝一定是互相依偎、紧密穿插在一起了。”X 猜想道。

“你觉得沿着树向上爬怎么样？”

“你是怎么想的，我就是怎么想的。”X 平静地说道。

第七章

再一次，他们回到了最初的起点。让乔尼失望的是，希望已经消失不见了。他满怀期待的目光落在山坡上，但连希望的尾巴尖也没有看到。

X 像一名正在阅兵的将军一样，审视般地从一排高大的树木旁走过。她摸了摸粗糙的树干，亲身感受它们斑驳的表面。树干粗壮无比，且下半部分没有树枝做支撑，根本无法攀爬。在这种情况下，可以用特别的工具在树干上凿出可以下脚的地方，当然，这也只是一种美好的设想。因为不用尝试也知道，这些树木的树干一定像钢铁般坚硬，才能够支撑整个巨大树冠的重量。

山谷的入口并没有想象中的那样宽阔。很快，他们就来到了树木和峭壁相接的地方。

“好主意。但是你从这里也无法爬到树顶上。”乔尼努力让自己的语气听起来充满遗憾。爬到树顶上的想法从一开始就注定是一个让人震惊和害怕的主意。

他们目前所在的地方是森林的最外缘，最外层的树与几乎直冲云霄的峭壁在这里相遇。面前的这堵垂直上升的峭壁比树木高得多。

“死路。如果我们这条路走不通，那意味着阿里也不可能走这条路。我们必须重新回到起点，回到山的后面，然后从另一个方向出发。”乔尼提议道。

“我早就说过了，我们剩下的食物不够在返回的路上吃了。”

乔尼闭上眼睛，回忆起白天他们是如何在寒风凛冽、布满岩石的山坡上小憩的，夜晚又是如何在四处漏风的山洞中过夜的。X 说得很对，如果没有足够的食物，他们根本无法活着走完返程的路。只有穿过这片森林，才有可能获取更多的食物。在这片森林的另一侧，一定有生命的存在。也许他们会走进另一片森林，但首先，他们必须离开这里。

“我们必须去山谷的另一边看看，或许那里有某棵树的树干正好适合我们爬上去。”X 考虑道。

他们转身准备离开，就在这时，他们听到上方传来一阵呼啸声。起初，他们并没有分辨出声音的来源，但随后，乔尼注意到了。

“快看，在那儿！在那棵树最低的树枝上面！”

X将自己的视线转移到乔尼所指的方向，可是入目的只有粗粗的树枝和茂密的针叶。然后下一秒她就发现，一根晃动的树枝突然变成一条尾巴的样子，密密麻麻的针叶中间渐渐露出了影狮尖尖的耳朵、鼻子和一双灼热的眼睛，那双眼睛正在注视着他们。

“怎么会……”X屏住了呼吸。

“快下来，让我们看看你到底是怎么做到的！”乔尼冲着希望呼唤道。

影狮一动不动地凝视着他们，像在思索答案。然后它扬起头，直起身子，舒展着四肢，再次看向他们。

他们等呀等，一直等待着。

“也许，因为我们抛弃了它，它生我们的气了？”乔尼猜测道。

乔尼和 X 一直仰着头看向希望，长时间维持一个姿势导致他们的脖子变得酸痛，然而希望却转身离开了，同时也带走了所有的希望。它到底是怎么爬到树上去的？显然，它并不打算向他们揭晓这个秘密。

“或许，它只是单纯地依靠爪子爬上去的。毕竟它的趾甲足够锋利，甚至能在坚硬的岩石上挖出一条隧道。”X耸了耸肩膀，“因此，它的经验对我们没有一点帮助。”

他们放弃了，转身准备离开的时候差一点撞上就坐在他们身后的影狮。乔尼甚至可以发誓，他清楚地看见了影狮的嘴角微微上翘，像恶作剧得逞后的微笑。

第八章

战斗

这件事发生在X生日的一周前。

“蹲下。”X命令女王。凶狠的女王先是龇着牙怒视X，但最终还是不情愿地半蹲在了地上，等待着X把老鼠的尸体扔给它。坐在一旁虎视眈眈的条纹等待的就是这一刻。

条纹尖锐的獠牙直接对准了女王的喉咙，但在最后一刻，女王恰好滚到了一边，条纹的牙齿最终以可怕的力量狠狠地咬在了女王身体的左侧。这让女王顿时发出了一声痛苦的嚎叫，但幸好捡回了一条命。女王虽然已经年老，但它的力量仍不容小觑，更别提它还有丰富的战斗经验。只见它以闪电般的速度翻过身，在地上打了个滚后，便从条纹的控制中逃脱。双方呈现出一种剑拔弩张的对峙状态，紧接着女王便向条纹扑了过去。从场上的气势可以看出，这场战斗的结果毫无疑问只有一种可能：二者中必定要死去一个。

X身体瘫软地站在铁丝网的另一侧。对于这场就发生在眼前、距离她只有半米远的战斗，她只能在一边眼睁睁地看着，没有办法参与其中。守卫犬打斗时的撕咬、怒吼和咆哮已经引起守卫的注意。三名守卫——两名男性、一名女性——赶忙跑了过来，他们腰带上的链子随着跑步的动作哗啦啦直响。

“快把它们分开！你们赶快让它们停下！”X朝守卫喊。

然而，守卫只是把她拖拽到更远处，之后便面无表情地看着这场守卫犬之间的战斗继续进行，就像在看着大草原上的牛群吃草。营地里有一种流言，这里所有的守卫，除了沃尔特叔叔，都被改造过神经。他们的大脑在某种程度上经过了统一的处理。有的孩子说自己在这些人的眼里看到过一种奇怪的闪光，但这也有可能只是瞬间的错觉。此外，“神经改造”这个词是禁止在营地里提起的。联邦政府是所有人的朋友，怎么可能会做错事呢？不管出于什么原因，此时此刻，这三个成年人就和没感情的机器人一样看着面前的狗打架。

这场激烈的战斗很快就结束了。条纹的第一下攻击就成功地使得女王受了伤，那不断流血的伤口让女王的身体变得摇摇晃晃。年轻的挑战者绕到它的身后，准备发起致命一击。X知道，女王的生命已经到了尽头，它再也没有多余的力气防卫和反击，它也已经放弃了。条纹不带一丝怜悯地发动攻击，这一次它的牙齿准确袭击了正确的部位，在所有人的眼前，把女王的喉咙撕开。

X像从一场噩梦中醒来。她的脚边还堆着一堆老鼠的尸体，她一下子从地上捡起几只，一把扔过铁丝网，砸到守卫犬们的头上。突如其来的食物雨发出了夺食的信号，在一旁围观的其他守卫犬咆哮着冲到食物落下的地点。条纹并没有继续攻击垂死的女王，而是选择保护自己和抢夺从天而降的食物。撕扯、攻击、嗜血的嚎叫，整个群体都不受控制地骚动起来，一直到每条守卫犬都吃到了想要的食物。条纹抢到了那只最大的老鼠，这原本是给女王准备的。它似乎已经完全忘记了刚才的那场夺权之战。女王仍躺在面积不断扩大的血泊中。

“让我过去！”X向守卫们乞求道，在守卫犬间的战斗结束后他们就准备转身离开了。

“我想去它身边！它需要帮助，否则它一定会死的！其他守卫犬会把它当作饭后甜点吃掉的。”

守卫们离开的时候甚至没有给X一个眼神。X感到内心深处的愤怒和绝望在不受控制地蔓延。一直以来积攒的愤怒和紧张的情绪瞬间爆发，她一下子跳到离她最近的守卫后背上，双手紧紧地锁住这个人的喉咙。然后她像只凶猛的野兽一般，一口咬住了守卫的一小片耳朵。

守卫痛苦地哀号，挥手使劲地捶打后背上挂着的袭击者。另两名守卫把X拉了下来，甩到满是灰尘的地上，其中一人抬脚踩住女孩的脖颈。耳朵在不停流血的守卫愤怒地掏出别在腰带上的手枪，对准了X。

“停下！不要让别人嘲笑你们，赶紧回到你们工作的地

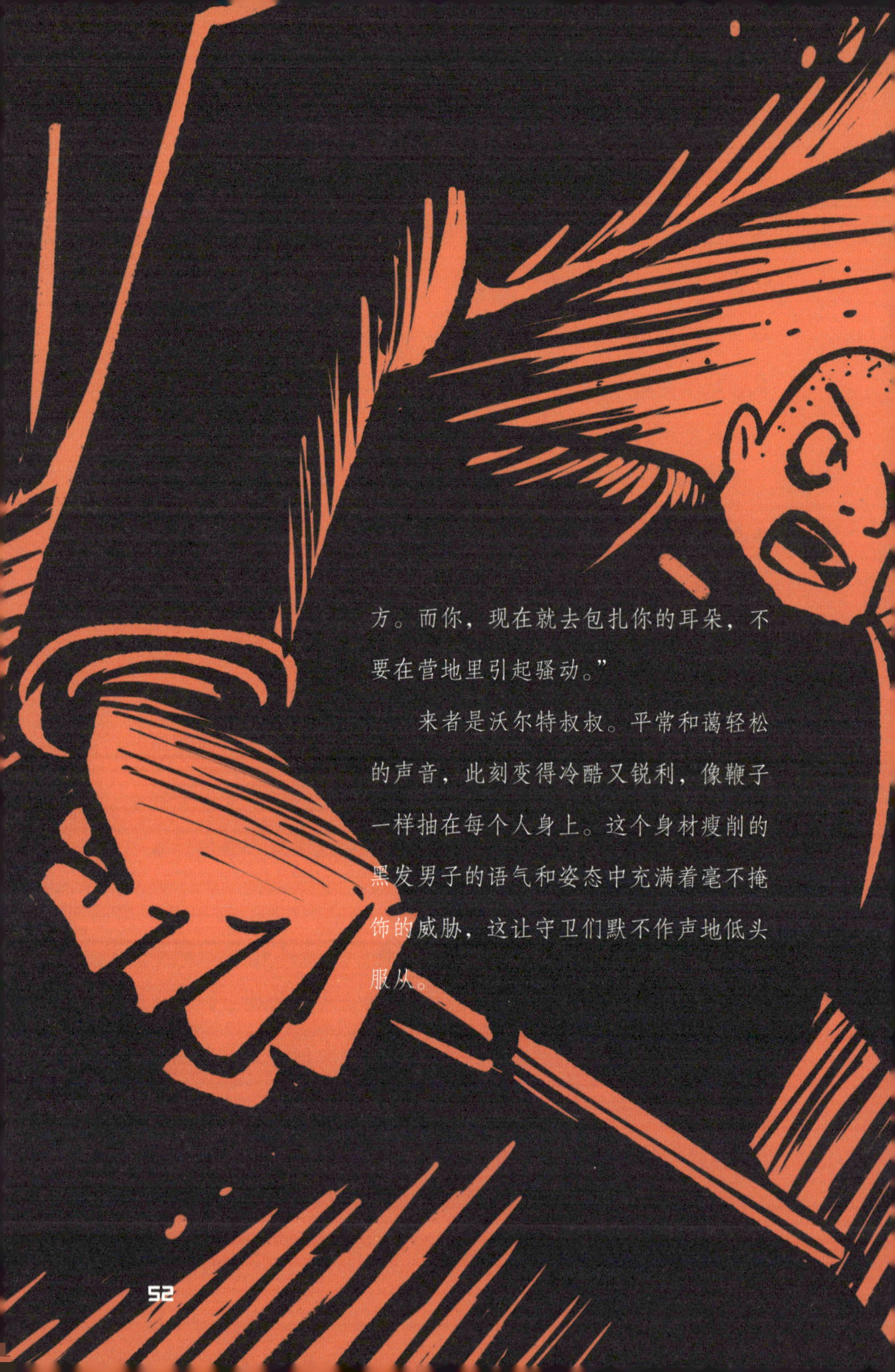

方。而你，现在就去包扎你的耳朵，不要在营地里引起骚动。”

来者是沃尔特叔叔。平常和蔼轻松的声音，此刻变得冷酷又锐利，像鞭子一样抽在每个人身上。这个身材瘦削的黑发男子的语气和姿态中充满着毫不掩饰的威胁，这让守卫们默不作声地低头服从。

“你受伤了吗？”沃尔特叔叔用X熟悉的温柔声音询问，这种温柔是营地里的孩子们所独享的。X摇摇头，眼睛看向一直躺在铁丝网后面喘着粗气、奄奄一息的女王。沃尔特叔叔同样将视线投向另一边，然后微微地点了点头。

“这个家伙。我一直都透过办公室的窗户观察你如何驯服它。你真的很勇敢。”沃尔特叔叔感叹道，听起来像为X感到自豪。

X没有做任何回应。她正试图解读眼下的状况，但靠她自己无法推测出整个事件的走向。

“一个群体如果没有一个强大的领导者，那它就一无是处。但一旦有机会，群体里的其他成员就准备好把曾经倍受尊敬的领导者撕成碎片。这难道不是很有趣吗？”沃尔特叔叔意味深长地说道。

X并不知道答案。这真的有趣吗?

“因此，领导者必须时刻对潜在的挑战者保持警惕。叛乱是发生在一个群体当中的最糟糕的事情。这会让整个群体面临危险。你明白吗？”

这次，X点点头。是的，要以防万一。

“你很聪明，与众不同。不可否认的是，这让我有点担心。拿把铲子，把那个家伙埋起来吧。”

沃尔特叔叔说完便转身离开了。

“但是它还没有死。”

X看着躺在地上的狗。女王双眼紧闭，嘴巴扭曲成痛苦的形状，然而胸膛仍在微微地起伏着。

“很快就死了。”沃尔特叔叔叹了口气，离开了。

X拿来一把铲子。一名守卫用电棍把其他守卫犬驱赶到有阻拦作用的栅栏后方，然后让X进入这片危险的区域。X

把带过来的防水油布盖在女王的身上，用它把女王的身体包裹起来。守卫留下来关门。X试图把女王拖到营地后方的一个角落，它旁边就是厕所和垃圾焚烧炉。女王有几十斤重，万里无云的天空中烈日在燃烧。X并没有放弃，一直拖着女王走到最外层的集装箱后方。然后她虚脱地跪倒在地，终于释放出所有压抑已久的感情，猛地扑向女王毫无生气的身体。她把脸深深地埋在眼前曾经无比强大的女王身上，不停地抽泣着。

“你在做什么？”突然，旁边有一个声音问道。

第九章

洞口距离森林边缘大约50米，他们不知道希望是如何找到这个地方的。希望嗅了嗅周围的空气，像只狗一样，舔了舔尖锐的牙齿。

“我敢肯定，影狮绝对是狗和猫的混血品种。”乔尼说道。

“别忘了它锋利的爪子。”X出乎意料地心情很好地回答道。

“唔，也许它和獾也有点关系。”

“还有老鹰。”

“它的外形还有点像兔子。”乔尼一边观察希望强壮的后腿，一边说道，“也许我们应该重新给它起个名字——多多，‘多功能的狗’的简称。”

他们站在洞穴处，感到有股轻微的气流。洞里当然是漆黑一片，但是空气闻起来却出奇清新，这一定是通风的缘故。影狮转身滑落进一个狭窄的三角形的洞里，乔尼和X紧随其后。进入洞穴前，X 回头看了一眼，沉静的森林如过去的一整天一样静谧、神秘。如果眼前的一切不是他们的幻想的话，那么身后的跟踪者也许已经放弃了。

洞穴内的地面明显变高，而且出乎意料的平整，像有人曾用砂纸精心打磨过一样。

“你是怎么想的？这个隧道会不会是有人特意挖的？”乔尼低声问道。他们在黑暗中摸索着前进，唯一的向导就是希望，它的趾甲落在地面时发出嗒嗒的声音。

“我什么也没想。”

“我只是想说，如果这条隧道是有人特意挖的，那隧道的主人很有可能还在这里，比如就在前面的某个地方等着我们。到那时，这里可不是什么隧道或者走廊，而是通向外星野兽之口的食物传送带。”

“一个挖掘者还是很多个？”思考片刻后，X 补充道。

未知让人感觉路程更加漫长了。

在没有任何准备和预告的情况下，他们突然完全暴露在阳光下。洞穴的出口就在一个类似花瓶口形状的岩石处，而这块岩石就在整片森林最外层树木的下方。

“这就解释了洞穴出现在这里的原因。”当乔尼看到眼前竖立着一堵由水流冲刷而成的石壁时，他松了一口气，“这里有一道瀑布，水流反复冲刷的产物就是这条隧道。现在天气干燥，水都干涸了，但等到冬天过去，水流再次充盈整条隧道时，必然是一幅惊人的景象。”

“这也是同样的道理。”X 指向不远处的岩石。一开始乔尼并不明白她指的是什么，直到他看见岩石上有一道道水流侵蚀而成的痕迹。突然，这些线条在他的大脑中自由组合成

一幅图画，布满了整面岩壁。起初，近距离观察时，很难得到对这幅画的整体印象。乔尼看向 X，女孩看起来和他一样吃惊。

“这是一幅岩画。如果那些点代表着眼睛，那么这里的眼睛可真不少。”乔尼倒吸了一口气。

“那些像刺一样的东西呢？是趾甲？”

“或者是毒针。”

“也许它代表着某种精神力量的存在。这里可能是某个圣地。”他看向脚下，试图寻找证据来证明他的猜想。

“也有可能是一种警告。”

“关于什么的？”

“那个住在森林里的神秘生物。”

他们转头看向森林，森林和他们在地面上看时大不相同。虽然他们现在位于离地面几十米远的地方，但大树仍旧像个高大的巨人一样，直冲云霄。站在他们所处位置的旁边，伸手就能触碰到树木粗粗的树枝，这些树枝像一条小路一样宽大。也许，这确实就是一条路，因为树枝表面似乎有脚步踩踏过的痕迹。

“就是这里，我们找到了穿过森林的办法。”

“或者说是深入森林内部，进入野兽的巢穴的办法。”X纠正道。

“再说一遍‘或者’，我就要控制不住地叫出来了。”乔尼威胁道。

“或者哭个不停。”X干巴巴地笑道。

“我还是喜欢你沉默的样子。”

他们开始检查自己身上的装备。X反复确认，长矛顶端

的匕首被牢牢固定在上面。乔尼打开他的折叠刀，攥在手里。影狮一直用怀疑的眼神看着他们，只有一对长长的耳朵前后摆动，只不过看起来它这次会跟着他们一起走。

“出发吧。”X说完便一脚踏在了宽阔的树枝上，努力在上面保持平衡。稍有不慎，脚下迎接她的就是深渊。当乔尼努力跟上朋友的脚步时，岩石上的某样东西引起了他的注意。

在纵横交错的线条构成的怪兽模样的岩画下方，有一幅乍看之下毫不起眼的图画，它看起来像后来添加上去的，而不是一开始就有的，因此与岩画的整体风格并不相符。尽管X和希望已经头也不回地往前走了，乔尼仍旧转身回来，凑到岩壁面前仔细打量着这个奇怪的图案。岩壁上的其他岩画都是用不同的色彩描绘而成的，只有这个图案像是用匕首之类的尖锐工具刻在岩石表面的。图案非常粗糙且难以辨认，但它仍然让男孩心跳加速。乔尼十分肯定，这个图案描绘的是两个正在放风筝的男孩，其中一个笨手笨脚的男孩要比另一个高大约半个头。乔尼不禁笑出了声，阿里可从来都不是什么画家。

他一只手紧紧攥住口袋里妈妈给他的小纸条，这就是他的力量源泉，另一只手的手指抚摸着这个陌生又熟悉的图案。乔尼格外激动，身体仿佛是连接了电源两极的导体，有微弱的电流正沿着手臂中的血管流淌。

第十章

X感到了一丝窘迫。

“谁？赶紧走开！”她大声喊道。X擦干了脸颊上的泪水，面带愠怒地盯着趁她的注意力都落在女王身上时，无声无息出现在她身后的女孩，“你在这儿做什么？”

“我身体不舒服，他们不允许我进入车间工作。”

X微微点头，她动摇了。以往，只要有可能，她就会避免和女孩以及其他在这里的孩子接触，现在她却很难做到。

“你在做什么？”女孩重复了一遍问题，丝毫不在乎X的冷漠和无礼。

“我想要救这条狗，如果可以的话。”

“这是违背命令的。”

“你要告发我吗？”

“当然不会。那你打算怎么做？”女孩追问道。

X看向女孩被一头蓬松的金发遮住的面庞。高耸的颧骨，一双冰蓝色的眼眸，那熟悉的倔强表情，让X感觉到从胃底涌上一阵恶心的感觉，但她艰难地抑制住了。现在可不是敏感的时候。

“它的名字是女王，我必须把它藏起来，才能更好地照顾它。”X解释道。

“这可不容易。你想把它藏到哪儿？在这里，他们对你

的一切都了如指掌，就连你拉的屎是什么样的，他们都比你还要清楚。”

“藏到你住的集装箱里。”X说完，观察着女孩的反应。然而女孩并没有露出任何表情。

“你指的一定是‘我们的’集装箱。搞清楚，那可不是归我一人所有的，不过这并不重要。好吧，可以。”

她们把女王拖到所住的集装箱前面，尽可能小心地把它拉进屋。直到现在，X才能仔细地检查女王身上的伤口。在大大小小的多处咬伤中，第一处是最深最严重的。伤口还在流血。显然，这只狗正处于失血过多而死的边缘。要是不立刻缝合伤口，它很快就会咽气。

“针和线。”

“没有。”

“去找，但是不要被抓住。”

“为什么？”

“你说什么？”

“你为什么想要救这只守卫犬？等它恢复健康，说不定会吃掉我们。而且，要是被发现了，我们就死定了。”

“你说的这两种情况对我们来说倒也不算差吧？”X说。

“好吧，你说了算，姐姐。”女孩认真地说道，然后咧开嘴笑了一下，转身离开了。

“我才不是你的姐姐！”X冲着女孩的背影喊道，她蹲下来把头靠在女王散发出血腥味的皮毛上。“你才是我的姐妹。”X轻轻地说道，然后用低沉又舒缓的嗓音哼起歌来。她也不知道这脱口而出的旋律是从哪里来的，但这就像她手臂上的文身一样，永久地刻在了她的脑海里。

第十一章

希望和 X 站在两条紧密交织在一起的粗壮树枝搭出的平台上等着乔尼。

“你刚才怎么停下了？”

“是阿里！”

“什么？你看见阿里了？”

“阿里一定来过这儿！”

男孩描述着自己的发现，眼睛里闪烁着激动的光芒。X 认真地听完，点点头。

“所以，你很确定这是他画的？”

“如果这算得上一幅画的话……总之，整个宇宙里除了我哥哥，你找不到第二个画得这么糟糕的人。”乔尼肯定地说道。

他们边说话边继续向前走。与之前走过的路相比，前方的树枝更加粗壮严密，几乎形成了一条宽阔的通道，因此，

越往前，路越容易走。更重要的是，当他们知道自己正走在正确的道路上时，双脚像是插上了翅膀般轻快。他们在片刻间甚至忘记了快要把他们吞噬掉的饥饿感。尽管如此，他们必须时刻保持清醒和警惕，因为稍有不慎就有可能踩入树枝间的裂缝里，一下子从高空中坠落。因此，他们必须小心路上的陷阱，及时跳过这些吃人的裂缝。与在地面上的感受不同，这里的森林焕发出勃勃生机。他们的周围飘荡着窃窃私语和羞怯的唰唰声。有时，突如其来的声音迫使他们停下脚步，紧张地等待或许即将到来的危险，但每一次都让他们虚惊一场，并没有什么事情发生。这些传入他们耳朵的奇怪的声音仿佛是森林自己发出的。就连希望也面露疑惑，但它并没有表现出一丝的害怕。

光线透过茂密的枝叶洒在他们的脚边，使他们刚好可以看到脚下的路。但随着天色越来越昏暗，他们除了找个地方扎营休息，已经没有第二个选择，除非他们想

要在黑暗中走进某条未知的岔路或者摔到地上。从这个高度摔下去，毫无疑问等待他们的只会是死亡。

一根又一根的树枝纵横交错，但脚下的路似乎保持着朝向某个明确的方向。他们沿着这个方向一直前进，只觉得自己进入了森林的最深处。

“快抬头看！”乔尼手指头顶两棵大树交叉的树枝，树枝在他们的头顶上方形成了一条条优美的弧线。

“什么意思？”

“看来还有另一条路。”

X 顺着乔尼手指的方向看得更加仔细，最后发现乔尼说得没错。他们的周围到处都是树枝形成的小路。他们正处于一个由无数条道路组成的巨大迷宫中间。

“这里可真是交通繁忙呀。”乔尼猜测道。

“至少过去是这样的。”

“什么意思？”

“很有可能，这些路都是很久以前留下来的。”

“那么，那些走过这些路的人，后来怎么样了？”

X 没有回答，但乔尼的脑海中浮现出曾经在岩石上看到的多眼怪兽的图画。X 调整了背后长矛的位置。乔尼把手伸进口袋，摩挲着他的力量源泉——妈妈塞给他的纸条。

第十二章

日落时分，在余晖的映射下，森林的颜色渐渐从深绿色变为紫色。天色越来越暗，他们越来越难以分辨潜伏在路上的危险陷阱。于是，他们找到一处由三根并排生长的树枝搭建而成的小平台，准备停下来过夜。这块不大不小的地盘恰好够他们三个歇息。

乔尼、X与希望一起分享了最后的营养剂，女孩和男孩面对面坐在树干上。影狮趴在他们旁边，像一条温顺的大狗，脑袋搭在两只前爪之间。他们的视线落在模糊的森林边缘，终于，他们看见了生命的迹象。起初，他们只是感知到了轻微的闪光。一闪而过的光亮在他们刚转过头时就消失不

见了。接着，他们注意到头顶上方慢慢亮起的呈点状的昏暗灯光。

“应该是星星。”乔尼猜测道，“星光穿过了树枝间的缝隙。”

“我觉得不是。”X摇头道，“星光不会像这样变换颜色。”

这时，乔尼才注意到，头顶的一些光点先是变暗，再变蓝、变红。随着变化的光点越来越多，他们很快被不停变化颜色和形状的奇幻光芒包围在中间，就好像他们被一股神秘的力量吸进太空中的某个地方。

“它们应该是昆虫发出的光，”X猜测道，“至少是类似的东西发出的。”

“我们给它们起什么名字好呢？小夜虫怎么样？”

“或者叫星星虫。”

“不如叫闪光虫吧。”乔尼提议。

X点点头，表示同意。

过了一会儿，他们听到远处传来一阵低沉的嗡嗡声，然后一片阴影飞快地从不停闪烁的光点上方掠过。它们的动作如此迅速，以至于他们无法看清到底是什么。蝴蝶？蝙蝠？鸟类？或者是一种全新的、完全陌生的生物？不过，此时的气氛并不怎么可怕，反而像森林里的树木共奏了一首《摇篮曲》一样让人放松。

曾令他们无比恐惧的森林展现出惊人的美丽。他们渐渐放松下来，柔和的低吟配上带有节奏感的闪烁光芒让他们露出笑容，好似沉浸在一桩美梦中。

“你要是找到了哥哥，打算做些什么？”X突然开口。这可真是让人意外，要知道，X平常是一个既不愿意开口问，也不愿意开口答的女孩。

“是我们一起找到他。”乔尼纠正道，“我希望他可以原谅自己曾经对妈妈做的那些事情，我们还可以像以前一样在一起生活。”

“不可能再像以前一样了。过去发生的事总是在改变现在和未来。”X静静地说道。

“你现在是在说你自己吗？”乔尼突然清醒，“那个营地里发生了什么事？有时你会和我说起你的那条狗，它的名字是叫国王，对吗？”

“女王。那是一只善良可爱的狗，是所有狗当中最亲切的。我们在一起玩耍，形影不离。”

“我从来没有养过宠物。那感觉一定很美好。”乔尼若有所思地说道。

“没错。在营地，我们每个人都有自己的宠物，那是个超级‘酷’的营地。”

“那个营地到底是做什么的？你怎么会去那里呢？”

“我不想谈这个。”

“或许你说出来会更好。”乔尼劝道。

X似乎沉浸在自己的思绪里。森林中轻轻的哼唱声如水面上的波纹一样，缓缓地向四周荡漾开来，这让乔尼更加昏昏欲睡。

“他们克隆了孩子。”X猝不及防地开口，把乔尼从梦中惊醒。他清楚地看见了女孩眼中的火光，那是她突如其来的怒火。

“这个，”X激动地说道，她撩起衣袖露出手臂上的文身，“这是产品编码，通过这个，他们就能分辨出我和克隆人。”

“那么你是……？”乔尼不敢继续往下说，或者是不想说完这句话。

“我不是。”X用力地摇头否认，“我不是克隆人，不过在营地里，他们会挑选出一些优异的基因，比如，有的人拥有某种难得的特质，他们就会用此来制作这个人的复制品。”

“所以……”乔尼恍惚间不知道自己到底是在脑子里想象，还是真的说出了口，“你有和你拥有同样基因的妹妹吗？”

“她们才不是我的妹妹，你难道还不明白吗？她们只是复制品！她们只是从我身上分裂出来的一部分而已。我们没有同一个妈妈或者爸爸。克隆人就像……像一些该死的植物，比如说豌豆荚。只不过他们是真实的人，是有史以来最可怕的东西。”

“之后又发生了什么？你的妹妹……克隆人还活着吗？”

但 X 愿意开口诉说的时间已经过去，她闭上了嘴巴，思绪仿佛飘到了某个遥不可及的地方。

“那个营地不是应该很酷吗？”乔尼小心翼翼地开口，但没有得到任何回应。

他们周围的光点仍旧有节奏地闪烁着，仿佛森林的心脏在随着光线的明灭而跳动，而血液平缓的流动声正催人入睡。

“显然，得有个人负责守夜。”乔尼在半梦半醒中喃喃自语，“愿低语者保佑你。”说完最后一句祈祷后，他彻底失去了意识。

第十三章

克隆人

车间里的工作让人大开眼界。组装太阳能电池板只是一个障眼法，是为了把孩子们的注意力从整个营地真正的核心工作——克隆——上转移开。最重要的是，沃尔特叔叔并

不想让任何人有时间或者有机会思考制造克隆人是为了做什么。

和营地里的其他克隆人一样，X 的克隆人也住在一种容器里，她们就像皮毛加工厂里一只只等待着被剥皮的狐狸。四个女孩分别被命名为 X1、X2、X3 和 X4。如果诞生了多个克隆序列，则会在名字后面加上一个字母来作为系列标识符，例如T6C。另一方面，如果代码中只有字母，则意味着这是克隆人的“祖先”，是最原始的标本。

X的克隆体比她要小五岁，X不分亲疏地厌恶所有克隆人。这有点像照镜子时，她也会非常讨厌镜子中的镜像。尽管她知道这些克隆人都是真实的人，但他们身上仍然有一些违反常规的不自然的地方，这让她觉得毛骨悚然。克隆人

并不完全是彼此的复制品。他们在姿势和表情上都有差异，但光从外表上看，几乎无法区分，尤其是当每个人的身上都穿着营地统一安排的灰色连体工作服时，他们看起来就更是一模一样的了。只有手臂上的文身能够表明他们是不同的个体。

也许这就是命运的捉弄，X现在不得不完全依赖自己厌恶的克隆人的慷慨帮助，因为女王的生命就掌握在这些长着冰蓝色眼睛的人的手里。X一边想着是否可以相信自己的克隆人，一边不经意地怀疑是否能够相信自己。可能这些女孩子的思想世界和自己有很多的共同点。但糟糕的是，就连她自己也无法确定答案。

X在最后一刻缝合了女王身上不停流血的伤口。它仍旧很虚弱，但很明显在慢慢地恢复精神，它被勉强地藏在X1的床底下，警惕地观察着屋子里的人。不管是不是克隆人，女王都不允许X以外的人触碰自己，也绝不从其他人的手里接食物。X仍然承担着营地里喂狗的工作，因此她有机会把最好的几块肉藏在工作服的口袋里，偷偷喂给女王吃。正因如此，女王的身体才恢复得一天比一天好。

“你马上要过生日了。”X2说。

“你想要什么礼物？”X4故意开起玩笑，她清楚地知道，在营地里许下的任何愿望都一文不值，也不会实现。

“你已经开始害怕了吗？”X3询问道，她是四个克隆人之中最安静和最严肃的。

X看着在床边坐成一排的女孩子们。她自己则坐在地上，把攒下来的沙漠狐獴的尸体碎片扔给面前狼吞虎咽的女王。答案是肯定的：她害怕。两天后就是她的生日，可她还没有任何计划。出于某种原因，营地只庆祝“原始人”的生日，从不给克隆人过生日，毕竟，这里的工作人员也搞不清克隆人的数量和他们的命运。传言，克隆人会不知不觉地消失，但没有人会想起他们。相反，给“原始人”庆祝生日时会举行热闹的庆祝活动。住在营地里的孩子没有一个是超过13岁的，关于这一点，X确信不疑。

“我们还不知道自己的生日呢。”其中一个女孩说道。X并不知道说话的是哪一位，因为她已经弯腰去蹭女王身上柔软的皮毛了。克隆人的声音听起来没有什么不同。

“你知道吗？”

X耸了耸肩膀，她脑海中关于那个时候的记忆是十分模糊的。

“你们应该差不多八岁了，不过生日具体是哪一天我不知道。”

“和我们讲一讲外面的世界是什么样子的吧。”另一个女孩请求道。这并不是第一次了。有时，X勉强答应了，皱着眉头试图回想自己生活在村子里的那段童年时光，但记忆仿佛被风吹散了。

“你离开这里的话，就只剩下我们留在这儿了。”其中一个女孩突然说道。

“你走后，我们就没有人可以依靠了。”

“我们不可以和你一起走吗？”

“你可以去问一下沃尔特叔叔吗，要是我们和你一起走的话，会去哪里？”

“要是你一个人走的话，又会去哪里？”

“你要带着狗一起走吗？”

“那里允许带着狗去吗？”

“噢，对了，我们给你准备了礼物。”说话的应该是X3，她突然想起来，赶紧掀开床垫翻找了一会儿，最后掏出一个粗糙的项圈，看起来像用制作太阳能电池板剩下的废料编成的。

“你可以把它戴在女王的脖子上。等到了新地方，你可以牵着它出去散步。”

“这一定很棒，你一定会有一个幸福的家庭，还会有属于自己的房间。”

X惊讶地看着眼前的女孩子们，哽咽了一瞬，胃部似乎在搅动。她竭力想要阻止这个想法渗入她的脑海，但是这个荒谬的想法却像洪水般粗暴地涌进——她要对这些孩子负责，必须带着她们一起离开。

第十四章

惊喜

沃尔特叔叔把放在他面前的碗推到桌子的另一边。自从她被邀请进入这个沐浴着晨光的明亮的办公室以来，X就一直专注地盯着眼前的这盘葡萄，像祖母绿一样闪闪发光的真正的葡萄。她以前听说过，这种水果就种在富人的温室里，被精心培育，但她却没太当真。还有传言称，等到生日过后，他们可以住在一个被果园包围的房子里，伸手就可以直接从树上摘下橘子和香蕉吃。一直到刚才，X都确信水果只存在于想象中，因为连昆虫都不再鸣叫之后，他们的餐桌上只有玉米，永远都是玉米。

“快吃吧。”沃尔特叔叔催促道，同时自己拿起一颗葡萄扔进了嘴里。

X一动不动。这个瘦削却强大的男人让她恐惧。她不准备做任何事来取悦他。

“明天对你来说是重要的一天。”沃尔特叔叔继续说道，“你一定期待这一天很久了，终于可以离开这里了。”

女孩依旧面无表情。她不知道自己的无动于衷是否会让面前的营地首领感到一丝紧张，毕竟他并没有表现出任何异常。

“我一直在观察你。你很聪明，比这里的其他人都要聪明许多。”男人突然笑了笑说道，“你一定想过明天之后会发生什么。”

X再也无法克制自己，她仿佛被诱惑般点了点头。这个猜想已经在她的脑海里盘旋了一个多月。几乎是下一秒，回过神来的她就后悔了，但沃尔特叔叔似乎并没有注意到女孩的反应。

“世界上新出生的孩子越来越少，然而，我们的朋友联邦政府需要年轻的双手和双脚，因此，我们挑选最优秀的人进行克隆并培养出最优秀的联邦公民。”

“听起来像养狗。”X轻哼了一声。

沃尔特叔叔并没有对女孩的比喻感到生气，只是略带悲伤地笑了笑。

“问题出在原始居民身上，当进入青春期后，他们开始变得不可捉摸，甚至可能开始反叛，这就是为什么必须对他们进行一点……嗯……一点改造。”

“神经改造？这是真的？”X猛吸了一口气。

这位营地首领点点头。

“这没那么可怕。看看我们的守卫，他们以前就是营地里的孩子，现在对于自己的生活十分满意。”

“不对，他们就像机器人一样，不哭不笑，永远都不会感到悲伤或者快乐。他们没有任何感情。”尽管X已经在心底发誓要保持安静，但这些话语很自然地从她的嘴里流出来，“你们不可以改造我，在此之前我会……”

“冷静点，亲爱的孩子，”沃尔特叔叔的语气出奇温柔，“你不是这个房间里唯一的聪明人。”

X坐回到椅子上。虽然她早已预想到，离开营地并不意味着她将迎来清晨在果园里散步的美好生活，但她的猜想最终得到证实还是像从空中投下一枚炸弹一样，顿时在她的脑海里炸开了花。有一瞬间，她甚至想和沃尔特叔叔打一架。她可以抓起桌子上装葡萄的盘子砸向他的脑袋，然后把所有葡萄都塞进他的喉咙里把他噎死。首领担心地看了女孩一眼，像读懂了她的想法一样，把葡萄移到自己的一侧。

“我刚刚告诉你的一切都是胡说八道，我们所熟知的世界正在崩溃，本该是我们朋友的联邦政府……根本算不上是政府。只有无处不在的人工智能把整个世界当成游乐园在玩着游戏。在这场游戏中，人类注定要输，人工智能需要无穷无尽的能量来运转和生长。就目前而言，它还需要听话的人来照顾自己，但最终它会强大到没有我们也能生存下去。到那时，人类对它来说只是一个必须解决的问题，它对我们没有任何感情。对它来说，这只是一局象棋游戏中迈向胜利的一小步。”

女孩不知道在想什么，突然之间，需要思考的东西太多了。面前的首领仿佛缩在了桌子的后面，一下子变成了一个瘦小又脆弱的男人。但他为什么选择现在对她敞开心扉呢？

“这场战斗还没有结束。我们人类的数量庞大，而且我们已经渗透到敌人的队伍中去了，我们在人工智能无法触及的地带建有秘密基地。”

男人站起身来，目光锐利。男人和女孩的视线在空中相撞。两人的嘴同时张开，但有一个人抢先说出了自己的话。

“我要从这里离开。”

说话的是沃尔特叔叔。

“而你，要和我一起走。”
他又补充道。

第十五章

他感觉自己的身体越来越轻，接近于失重。柔和的热气笼罩着僵硬的四肢，乔尼感觉自己很久没有睡得这么舒服了，他不想再醒来。他感觉自己陷入了一个奶油般滑软温柔的泡沫中，并且陷得越来越深，陷进甜美的无意识中。他来到了一个所有烦恼都消失不见、所有噩梦都不会光顾的地方。

X试图睁开眼睛，但某个柔软却坚韧的东西附着在她的眼皮上，让她无法睁眼。她又想抬手擦脸，但手臂却牢牢地贴在身体两侧，尽管没有任何东西束缚她的双手。怦怦的心跳声在她的耳边听起来沉重又缓慢，她的呼吸深沉而悠长。起初，X想要挣扎，但后来她意识到自己内心深处根本不想这样做，现在这样就很好。她像被卷进了一个越来越深的旋涡里，在空中无忧无虑地漂流着。她感觉自己是森林的一部分，但也许这根本不是森林。这是一个奇怪的想法，虽然异想天开，可她对此似乎颇为坚定：占有他们的森林并不是森林，这个我们暂且叫作森林的东西把他们据为己有，然后自身变得更加强大……

愤怒的声音和身体传来的痛苦唤醒了她。剧烈的疼痛迫使她睁开了眼睛。怪兽的脸几乎完全贴着她的脸，她认出这就是岩画上的生物。它的脸上覆盖着柔软的毛发，一对火红的眼睛在其中若隐若现，它的耳朵像船帆一样向两侧摆动，呼吸中散发着尸体的腐臭味。

“希望？”X呻吟着。她被蚕丝一般柔韧洁白的纤维缠绕得严严实实，整个身体都扭曲得变了形。影狮用趾甲撕开包裹着X的这些蚕丝，它自己身上也仿佛在棉花糖里打过滚一样。

“你的口气可真重，该好好刷刷牙了。”X 一边清理自己身上顽固的蚕丝，一边嘟囔着说，“乔尼呢？”女孩重获自由后顿时变得惊慌失措。她扫视了一圈都没有见到乔尼的身影。X 在昏暗的光线中四处奔跑着寻找乔尼，心里七上八下的，直到她抓住了一根结实的、黏稠的蚕丝。X 用力拉扯着这根弯弯曲曲的丝线，把它拽得笔直，然后她抽出背后的长矛，长矛顶端的匕首对准了丝线的另一端——像蚕蛹一样被包裹得严严实实的乔尼。

“你为什么要吵醒我？”男孩眨眨眼睛，看起来很生气。

“我们必须赶紧离开这里。”女孩的声音有些嘶哑。

“我还想再睡一会儿。”乔尼不情愿地说道，他翻了个身，似乎真的准备睡觉。女孩扇了他一巴掌。

“啊！”乔尼猛地弹起来，直起了身，“你为什么……”

话说了一半他才注意到，整个森林都在移动，他的视线甚至很难固定到某个方向上，因为这里的一切都在不断地变化着位置和形状。

“这到底是……”

X 握紧手中粗糙的树枝，感到上面有无数微小的突起，这些突起在焦躁不安地四处游离，痕迹交织成一张几乎不可见的网。

恐惧笼罩着乔尼和 X，他们疯狂地拍打掉对方身上令人恶心的小虫子。希望不停地在地上打滚，想要压死身上的虫子，但是这些虫子似乎正从四面八方涌来，而且数量越来越多。

“我们必须离开这儿。”乔尼几乎发出尖叫声。

就在这时，他们听到了一声叹息。这声音幽咽而深沉，仿佛由宇宙中所有的悲哀凝结而成。空中飞舞的虫子仿佛被冻住一般僵在原地，之后，叹息声再次响起，这一次离他们更近了。

乔尼和 X 抓紧了他们的背包，叫上希望，拔腿就跑。树枝上布满了黑色的虫子，一眼看过去黑压压的一片，十分恐怖。踩在脚下的虫子发出沙沙的声音，就像在雪地里行走时发出的声音。森林里漆黑一片，他们只能隐隐约约分辨出眼下这条蜿蜒的小路，它仿佛是他们的生命线，沿着这条小路他们才能甩开身后未知的威胁。然而，新的一声叹息带来一股强烈的气流，让他们立刻起了一身鸡皮疙瘩。

“快点！它要追上我们了！”X 大喊道。

未知的怪物的叹息声让整片森林都震动起来，针叶林唰唰作响。乔尼和 X 决定冒险，他们越过树枝。被踩死的上千只黑色虫子让小路变得滑溜溜的，也让这条路比以前更具危险性和欺骗性。

再次传来的叹息声听起来像低沉的咆哮，使他们脚下的树枝更剧烈地震动。乔尼他们不停加速，直到突然间他们一脚踩空。紧随其后的是下坠——在尽头，等待着他们的只能是死亡。

第十六章

逃离

女孩身穿白色的长袍，头戴花环，站在台上，接过了递给她的金色号角。她把号角举到嘴边，吹响了它。营地里的守卫犬立刻仰天咆哮。其他人也发出阵阵欢呼声。一切正按照剧本进行，但守卫犬们的吼叫声却一直没有停止。沃尔特叔叔也仰起了头望向天空，X这才看到他嘴角露出的牙齿，尖锐、锋利，像狼的一样。而就在这个时候，她注意到他眼中一闪而过的光芒。

X被自己的喊声惊醒，她抬手摸了摸额头，一片冰凉。她睡着了，尽管她不应该睡——至少不是现在，不是今天，今天是她生日的前一天，是她们和沃尔特叔叔一起逃跑的日子。然而，下午炎热的天气和漫长的等待让她产生了困意，她抬头确认了一下太阳的位置，长舒了一口气。幸好她只打了几分钟的盹。

尽管X已经想方设法从所有可能和不可能的角度来分析这件事，但她并没有想到更好的办法，只能抓住这根看起来无比可疑的救命稻草。她一点也不信任这位营地首领，因此她在连体裤的裤腿内缝了一把锋利的螺丝刀。如果这是一个陷阱，她根本想不到这个陷阱到底是为何而设的，毕竟沃尔特叔叔对营地里的任何人和事都拥有绝对的权力。如果他真的包藏祸心，想用某种邪恶又恶心的计划来对付X，X甚至没必要思考任何复杂的逃跑计划。因此，X内心中剩下的只有一个摇摇欲坠的信念，沃尔特叔叔说的都是真的：他自己也害怕得不得了，然后出于某种原因想要拯救X。

逃跑计划似乎太简单了。那辆灰色轿车现在就停在车间后面，它明天将要把X送去改造神经或者载着她驶向未知的地方。沃尔特叔叔说他把防水油布铺在了后备厢的上方，到时候X藏在下面，他会开车驶出营地，此后，与他们余生一样漫长的逃亡之旅就开始了。可是，真的有这么容易吗？但X也知道，有的时候表现得傲慢和大胆才最容易取信于人。一切在密谋下进行的事情都很容易被怀疑。相反，就在大白天、就在人们眼皮子底下发生的事情并不一定会立刻敲响人们心里的警钟。

说到白天，它已经快结束了。现在天色渐晚，光线慢慢暗了下来。沃尔特叔叔说最合适的出发时间就是太阳开始落山的时候，这个时候，营地已经清点过当天的人数了。

X从集装箱前的楼梯上起身，将视线投向一排金属集装箱的尽头，四个长得一模一样的女孩正坐着享受这炎热的一天过后难得的凉爽。

她晃了晃脑袋，再次摸了摸自己的额头。

沃尔特叔叔发动了汽车。发动机无声地运行着，仪表盘上的各项数据显示这辆车已充满了电，且电源已经接通。在营地里的其他人察觉到异常而发出警报之前，他们可以毫不费力地开出足够远的距离。首领用手掌敲了一下驾驶室和后备厢之间的隔板，对方也给予了相同的回应。女孩会按照约定就位，沃尔特叔叔丝毫没有怀疑过这一点。女孩和她的妈妈如出一辙，聪慧又意志坚定。

他想了又想，是否应该向女孩说出实情，但最终他得出的结论是：女儿还是什么都不知道更好。沃尔特自己也无法预测到前方等待着他们的会是什么，所以最好不要让个人情绪影响到计划中最关键的阶段。很久以前，他在外出寻找食物的时候，曾在一个偏僻的山坡上无意间找到了一个小木屋。等他们安全抵达那个木屋的时候，他有充足的时间来向X解释整件事情。曾经，他寻找到食物回到家里时，才发现联邦政府把村子里的所有孩子都带走了。他寻觅多年，才在数百个营地中找到了自己的女儿——X。成为营地的首领后，他可以不被人察觉地保护自己的孩子，但是在13岁生日过后，女儿又会被从他的身边带走。这一次，他不会眼睁睁地看着这种事情发生。

沃尔特驾驶着汽车向大门驶去，大门两侧由一男一女两名肌肉发达的士兵看守。这两个人与营地里的其他人一样面无表情。警卫亭旁边是电动大门，守卫犬可以自由进出，大门两侧则是通了电的栅栏。沃尔特叔叔在汽车的保险杠和后备厢的位置上撒了辣椒粉，以防守卫犬凑过来闻时，嗅到后备厢中的异常。

“您要去哪儿？”沃尔特叔叔拉下车窗后，警卫询问道。

“去迪普特村一趟。这个空调的零件坏了。”沃尔特叔叔一边解释，一边摆弄着松动的空调按钮给警卫看。这是他今天早上特地从空调上拆下来的。

“可您平常并不会亲自开车过去。”另一个警卫插话道。

“好吧，我只是出去走走，换换心情。”沃尔特笑着说道，而他的视线则一直跟随着守卫犬的每个动作。现在基地

守卫犬的新任首领是条纹，它一直怀疑地嗅着车子附近的空气，然后打了个喷嚏。沃尔特稍稍松了口气。

“您车子后边装了什么？”第一个警卫再次问道。

“哼，简直荒唐，你们难道是在审问我吗？我是营地的首领，我想装什么就装什么。难道你们认为我会偷偷把二十个孩子装进车里运出去吗？”沃尔特叔叔把自己所有的权力和威慑力都投入到这场游戏中。然而，他的声音明显十分颤抖，因为那只守卫犬显然嗅到了蛛丝马迹，脖颈上的毛都立起来了，它砰的一声撞上了车子的后门。其他守卫犬似乎也感知到了什么，进入警戒状态。

“联邦政府已经下令，所有车子都要通过安检。不管谁是司机，都没有例外。”警卫说道，他对沃尔特的权力和威慑力并不在乎。

沃尔特叔叔看向前方，心里在估算着这台车加足马力后是否能够冲开这道紧闭的大门。希望只有千万分之一。另一个警卫注意到了守卫犬的异常，绕到了车子的后方。

“给我把这该死的门打开，我可没有一个晚上的时间来和你们做游戏。”首领大怒，用手猛拍方向盘。汽车喇叭顿时响个不停。

车子鸣笛的声音传入X的耳朵，听起来和她梦中金色号角的声音惊人地相似。就在这时，警卫撬开了车子的后门，他们两个人的逃亡之旅结束了。

第十七章

他们三个像雪花一样在虚空中盘旋，乔尼的脑海被一种奇异的平静和安详填满。他的眼前出现了自己和阿里在草地上一起放风筝的画面。这个画面是如此鲜明生动，以至于他的双眼不觉间充满了泪水。

X 的思绪则再次回到了那辆灰色面包车的后备厢。

门被突然打开，涌进来的光线让她短暂失明。在明亮的光线中，她隐约分辨出警卫深色的轮廓，以及守卫犬条纹可怕的身影。

X松开了手中紧攥着的克隆女孩们送给她的生日礼物——戴在女王脖子上的项圈。已经退位的上一任守卫犬首领女王一跃而起，扑向门口的条纹，用牙齿狠狠地咬住了它的喉咙。年轻的新首领吓了一跳，痛苦地号叫着，喉咙里流出的鲜血染红了它的身体，几乎在一瞬间它就变得奄奄一息。警卫回过神来，用手里的电棍打向女王，声音听起来令人作呕。女王松开了牙齿，转而扑向新的威胁者。那群守卫犬之前一直在旁边默不作声地观察情况，现在有了动静。它们很快感应到了强大的老首领的回归，感应到了想要伤害老首领的敌人，因此它们都亮出了獠牙，冲向赶到现场的警卫们。

“别动！”X冲着蹲在防水油布底下战战兢兢的女孩们叫道。她迅速抓起裤腿内缝里的螺丝刀，起身冲向车子的后门，目标是正和女王纠缠在一起的警卫。她抬手就把锋利的螺丝刀扎进警卫的肩膀。极度的痛苦让男人的手立刻变得无力，电棍从手中脱落，男人一边哀号一边逃走了。X环顾四周，到处都在战斗。守卫犬们向手持电棍的警卫们发起挑战，这些警卫甚至还在试图让已经尝过血腥味的守卫犬们听话。就在这时，X才注意到有两名警卫已经把沃尔特叔叔拉出了汽车的驾驶室，正拖着他离开。

“快！快开门！”沃尔特冲着X大喊道，“别管我！”

下坠可以永远持续吗？随着死亡的临近，时间的流逝会不会变慢呢？如果他们永远无法到达地面，就这样一直坠落下去怎么办？乔尼听见耳边传来别人呼喊自己的声音。他确信这是哥哥的声音。阿里。

X 的眼前浮现出沃尔特叔叔的面孔，这张脸不知为何让她觉得十分熟悉。那种感觉就像她在许多年后和一位老朋友重逢，却无法把时间和地点联系到一起。男人说的是实话，X 最终得到了肯定的答案，他真的想要拯救她们。

X 转头冲向无人看守的警卫亭。值班的警卫已经赶去帮助正和暴怒的守卫犬们对抗的同伴，因此现在警卫亭里空无一人。她找到电动大门的开关并按下了它，大门终于打开了。

警卫们拖拽着营地首领向办公室所在的营房走去，他们紧紧地贴在一起，围成一圈，把首领包围在中间，最外边的警卫负责击退冲上来攻击他们的守卫犬。一些守卫犬在激烈的斗争中身受重伤，只能瘫在地上喘息，还有一些已经失去了呼吸，身体变得冰凉。有两名警卫倒在满是尘土的血泊中，毫无生气。一名女警卫察觉到了 X 的动作，举起电棍朝她跑来。女孩连忙去摸裤腿，却想起来她已经失去了自己唯一的防身武器——那把螺丝刀插在某个警卫肩膀上了。女警卫距离她仅有几步远。这时，一个黑色的身影从空中跃过，把奔跑的女警卫撞倒在地。女王身上的旧伤口看起来重新崩开了，皮毛上沾满了鲜血，但它的利齿似乎仍保持着撕碎一切的力量。

X急忙跑去救沃尔特叔叔，他正试图摆脱警卫们的有力钳制。

“放开我，这是命令！”

沃尔特叔叔的命令不再有任何威慑力。

剩下的守卫犬开始围攻警卫们和被他们圈在最里面的女王。凶猛的守卫犬低声咆哮着，而警卫分别举起手中的武器，不敢轻举妄动。双方静静地对峙着。这时，X注意到，一些警卫举起了用来战斗的利刃，而不是电棍。同时她还发现，不远处有更多的援兵跑过来了，他们的手里都端着机关枪。

沃尔特叔叔显然也注意到了这一情况。

“快上车！你会开车的，不要管我了！卡特琳娜，你一定要活着出去！”

X环顾四周，想要知道沃尔特叔叔到底在和谁说话，但她并没有看见其他人。也许沃尔特叔叔受伤过重，开始说胡话了。当第一声枪声响起的时候，X还在犹豫。一只守卫犬中枪倒地，几乎立刻就失去了呼吸。

然而，一切都会有结束的时候。在这柔和的黑暗中，乔尼觉得自己看见了深色地面正以疯狂的速度逼近。令他更惊讶的是，自己竟然没有感到一丝害怕。

卡特琳娜，你—

定要活着出去！

黑暗中传来的一声呐喊让 X 不寒而栗。她认出了这来自很久之前的声音。直到现在，她才明白这一切，可是已经太晚了，因为下一秒，他们就要死了。

X一把拽过一瘸一拐的女王脖子上的项圈，把女王扔进了汽车的后备厢。她摔上了门，紧接着跳进驾驶室，车子的发动机仍在运转，她握住方向盘，一脚踩下油门。子弹打在车上，噼里啪啦的声音像在下冰雹。当她成功地驾车从半开的大门中逃出，驶上沙漠当中唯一的一条公路时，她看见了远处地平线上茂密的森林和在它之后的崇山峻岭。

“爸爸。”就在他们跌入温暖的湖水时，X 冒出惊人的低语。

第十八章

“爸爸，”X把头伸出水面后，猛地吸了一大口气，“我见到了我爸爸。”

“在这下面？湖底？”乔尼在她旁边说道。

“那个男人，沃尔特叔叔，就是我爸爸。”

“沃尔特是谁？沃尔特·迪士尼？你掉下来的时候撞坏脑袋了？”乔尼担心地问道，他仰躺着漂浮在水面上。身下的湖水温暖又柔和，他们就好像正躺在一张柔软的大床垫上休息一样。

“我……这很难解释，总之，我爸爸救了我。”X低声说道。

“刚才？他是怎么做到的？”乔尼把双手当船桨，交换着在水中划动，试图弄懂女孩的意思。与此同时，他的目光也焦急地寻找着希望的身影。四周都没有希望的影子。“影狮会游泳吗？”乔尼问道。

“那是很久之前的事了。”X 回答道，她的思绪仍在过去与现在之间穿梭飘荡。

“我们必须潜到水下去找它。”乔尼的语气越来越焦急，他绝望地看着漆黑的湖面。这时，他发现原本平静的水面开始像沸腾的茶一样，诡异地向上冒着泡。水下有东西。乔尼划水的手臂传来一阵刺痛感。有什么东西……有什么东西正要浮出水面，这可能并不是什么让人愉悦的东西。

“我认为我们最好快点游上岸，越快越好，否则的话……”乔尼的话还没有说完，水面就像爆炸了一样，水花高高升起，就好像有数千颗子弹从湖底发射，穿透水面，射向天空。他们听见了水花四溅的声音，头顶上的水好似瓢泼大雨般打落在他们身上。紧接着，一个巨大的影狮脑袋从他们的身边冒了出来，它的嘴里塞满了鱼，或者说是各种鱼的残骸。

从突如其来的惊吓中恢复过来后，乔尼和 X 分头行动，搜寻了一圈，用胖乎乎的小鱼填饱了肚子。这些鱼的味道尝起来有点咸和苦，但并不会让人反胃。或者说，他们实在是太饿了，以至于任何东西到他们的嘴里都变成了美味。

“这是我吃过的最好吃的鱼。”乔尼感叹道，“我建议把它们命名为午餐鱼。”

一顿狼吞虎咽过后，他们像饱餐过的海豹一样，挺着肚子漂浮在平静的湖面上。天渐渐亮起来，晨光照亮了四周，原来，他们所在的湖泊被茂密的森林包围着。抬头向上看，视线被高大的树木遮挡住，只能隐约看见一条闪电状的天空。经历了前一晚的恐怖和无限坠落后，眼前的景色让他们感觉十分美好，给他们一种莫名的安全感。虽然没有任何理由和根据，至少在这一刻，他们不再害怕任何事情。

“你刚才好像提起了你的爸爸。”乔尼想起来。

“我没有。”

“你肯定说了，你的爸爸救了你。”

“唔，好吧。”

“再多讲点，”乔尼好奇地说道，“之后发生了什么？”

“以后有机会再说吧。现在，我们要赶紧离开这个湖泊和这片森林，我一点也不喜欢这个地方。”

“我同意。”乔尼点头道。

“我觉得，甚至都不能把这个地方叫作森林。”X 补充道。

“为什么？”乔尼惊讶地盯着眼前由无数树木形成的坚不可摧的树墙，问道。

这个湖并不大，直径大概有几百米。之前他们从山上往下看时，就已经发现在森林中闪闪发光的这面镜子。如果乔尼没记错的话，它大概在这片由树木组成的区域的中间。当然，这里就是森林，要不然还能把这个地方称为什么呢？乔尼在心里说道。他紧紧地抓住影狮身上的毛。事实证明希望是一名优秀且极有耐力的游泳选手。乔尼被希望驮着前行，像坐在一艘平稳的小船上一样。他犹疑地看着平静的湖面，岸边依旧让人觉得遥不可及。

不知过了多久，他们终于爬上岸，坐在巨树根下，长舒了一口气。

“我们可能要被困在这里了。”乔尼说道。

X 点头作为回应，她也是这么认为的。他们不可能再爬回到树上，继续在半空中行走，更别提现在的他们也不想再回去，毕竟暴走和跌倒的经历已经够多了。

“这是片被诅咒了的森林。”乔尼倒吸了一口凉气。

“如果这里能够称得上是森林的话。”X 小声说道。

第十九章

责任

她们把女王葬在一棵繁茂的大树底下。在X驾车逃跑的过程中，女王把它的大脑袋枕在四个女孩的怀里，完成自己的使命后松了一口气，之后就再也没有醒过来。它最后的呼吸如同蝴蝶扇动翅膀一样轻。

“你是我唯一的朋友。”X强忍着泪水，断断续续地诉说着自己的哀伤，然后完全失去力气，瘫倒在地上。四个瘦弱的女孩连忙弯腰把她从地上扶起来，但X再也不想站起来了。

营地已经从地平线上消失，但是她们知道，它就在那里。营地的搜索部队一定正疯狂地试图启动汽车引擎——沃尔特叔叔在行动前就破坏了其他车子的发动机，好给她们争取更多的逃跑时间。她们现在位于某处森林的边缘，地面变得更加崎岖不平，砂石密布，蜿蜒的山脉在树木后面显露出来。她们应该继续往前走，直到用尽汽车电池内所有的电。

沙漠边缘的落日将天空染成血红色，但黑暗很快就会覆盖眼前的景色，就像给大地盖上一床漆黑的被子。

“我再也无法继续下去了。”X 静静地说道。

“你必须坚持下去，你一定可以的。”X1 说道。

“这个地方是哪里？”其中一个女孩问道。

“这些是活着的吗？”另一个女孩轻轻地把手放在最近的树干上，好奇地抚摸着。

X 费力地抬起脑袋，看着眼前的四个女孩，她们就像刚孵出壳的小鸡一样懵懂无助。从某种层面来看，她们确实是这样的。X 心里很清楚，这是她们“出生”以来，第一次面对营地外的世界。她逐渐意识到，当她决定带着自己的克隆妹妹们一起逃出营地时，就要肩负起照顾她们的责任。在营地时，做这个决定对她来说只是一件自然而然的事情，是她当时心里唯一正确的选择，但现在它带来的责任几乎要把她压垮。

“我们离开这儿后要去哪里？”

“你要带我们回家吗，回到你说过的那个村子？”

最糟糕的是，X没有任何计划。她在逃亡，但并不知道这条路通向哪里。沃尔特叔叔也许对目的地已经有所打算，可他没来得及告诉X。

X叹了口气，从地上爬起来，拍了拍身上的尘土。然后她弯腰把手掌按在女王的坟墓上，之后匆匆忙忙地把女孩们赶上了车。这次，女孩们都不想回到后备厢里，而是想坐到前座上，为了更好地看一看她们才刚进入的新世界。

天黑得很快，当X把车重新开回公路上时，女孩子们眼中能看到的新世界只有明黄的车灯照出来的窄窄的一束。这就是自由。X瞥了一眼汽车的能量表，上面显示这辆车子最远能跑80千米，在这之后她们只能弃掉车子，徒步前进。

第二十章

他们把身上湿漉漉的外套脱下来，铺在厚实、粗壮的树根上晾干。直到这时，乔尼才终于意识到自己见到了多么不可思议的一幕。

“停下。”X 突然出声。

“什么？”乔尼一脸无辜地反问。

“你一直在盯着我看。”

“这是因为我从来没有见到过你摘下兜帽的样子。”

湿透的头发散落在女孩瘦削的脸庞两侧，脸部中央的鼻子小巧玲珑，高高的颧骨和宽阔的额头平常一直遮掩在帽子下。冰蓝色的眼睛平静无波，而乔尼还注意到她黑色瞳仁里的蓝色虹膜内有一个黄色的光圈。然而，最让他吃惊的是从额头一直延伸到左耳后方的一条长长的肉粉色疤痕。乔尼不禁思索，X 一直戴着帽子是否为了遮掩这条疤痕。

“别看了。”X 不悦地说了一句。

“好吧。”乔尼识趣地移开眼神，转而专注地抚摸着希望脖子上柔软的皮毛。多亏了午餐鱼，希望的肚子撑得像个皮球。难得的饱餐后，它正舒适地趴在乔尼的旁边休息。

“你怀疑这个看起来像森林的地方并不是森林，这是什么意思？”乔尼想要缓和一下变得有些尴尬的气氛，因此开口询问道。

一开始，X 好像没听见乔尼的话一样。她专注地梳理着眼睛前和伤疤上缠结的头发，凌乱的头发遮住了她的面庞，使她看起来像一个妖怪或者某种森林精灵。乔尼看着 X 的动作，感到十分有趣，但他知道自己绝对不能笑出声，因为即使他只是嘴角微微上扬，女孩下一秒也会把他扔进水里。

“与其说这是一种想法，不如说是一种直觉。”X 说，“这附近不仅仅有成片的树林，还有一个活着的生物。”

“当然是活着的，这里的树都是活着的。”乔尼说道。

“没错，但是……我的意思是，所有这些事物，树木、湖泊、虫子等等，一起构成了一个完整的有生命的个体，根本不是什么森林。”

乔尼思考了一下他听到的内容，怀疑地看向四周。周围的树木挺拔地站在原地，仿佛在认真倾听他们所说的每一个字。

“怪物？”乔尼惊呼道。

“或者是某种神明，”X答道，“只是我们并不知道它叫什么名字。”

“如果你是对的话……”

“如果我想得没错的话……”

“可我还是不明白，它难道会像人一样思考吗？”

X烦躁地耸了耸肩。

“如果它能够思考的话，那它是怎么看待我们的呢？”乔尼继续自言自语，游离的目光飘到漆黑的湖面上，“它有嘴巴吗？要是有的话，它都吃什么呢？”

男孩的眼睛睁得像葡萄一样圆，他的心脏怦怦直跳，身体冷热交加。X蹲在他旁边，双手环住男孩瑟瑟发抖的身体。

“你想听我讲四个女孩的故事吗？”

“是童话吗？”

“这是真实发生的，至少我记得的都是真实存在过的。”

“好吧，你讲吧。”

X闭上眼睛，开始讲道——

女孩醒了。深夜的寂静让人感到压抑，就连吱吱叫个不停的昆虫也安静下来。

“我要走了。”爸爸低声说道，并在女孩的脸颊上印下一个吻。

第二十一章

“你们把车丢在山脚下之后呢？又发生了什么？”

“我不能再说下去了。”

“不能还是不想？”

“两者都有。”

“那你的妹……那些女孩呢？后来的故事呢？”

“现在不行。”

X 转过头，擦了下脸颊。

“你哭了吗？”

X 没有回答。

“你一定很想她们，我就非常非常想念阿里。我和哥哥总是在一起，我原本以为我们会一直这样生活下去。有的时候这种思念是如此强烈，以至于心脏似乎都停止了跳动，让我无法呼吸。思念像是强酸，会把人的内心腐蚀出一个巨大的空洞。”

X点点头。

“我也很想她们，但是……”

乔尼并不急于得到答案，他能感觉到X的回答就在未来的路上，就像给他们两个人之间的关系开辟了一条新路线，而这条新路线正通往某个未知的地方。奇怪的是，这不仅仅是一种感觉。这片森林仿佛会强化人所有的情感和情绪，把它们变得可见，甚至触手可及。

“我很想我的爸爸和妈妈。另外，我感到内疚的是没能拯救那些女孩。”X若有若无的声音传到乔尼耳边，他只能勉强听清其中的内容。与此同时，他用余光注意到某些不同寻常的动静，希望也警觉地抬起头，喉咙里发出阵阵低吼。快看，树根！森林！森林叹了口气开始向后撤退。树根扭曲变形，向两侧撤退，慢慢地在乔尼和X面前打开了一条奇妙的小路。

乔尼和X惊疑地对视了一眼，两个人手上还抓着匆忙间只套了一半的连体服。穿好衣服后，他们怀着一颗忐忑不安的心，小心翼翼地沿着这条通往森林深处的笔直又狭窄的小路向前走去。他们身后一直传来轰隆隆的声音和类似于拖拽声的声响，但他们都不敢回头看。过了一会儿，同样的声音在他们的前方响起。这一次他们终于不用回头便能看清这些

声音的制造者。原本后退的树木开始折返，并挡住了他们面前的路，就连他们身后的路也开始闭合，成为死路。

“现在该怎么办？”X明显很惊慌。她此时的表现很不像她自己。兜帽挂在她的脖子上，她乱七八糟的头发下露出的脸庞上，惊恐和难以置信的表情交织变幻。

“为什么你要感到内疚？那些女孩身上发生了什么？”乔尼问道。

“你确定想要我现在讲给你听？”X惊讶地问道。

乔尼拉着她的手点点头，试图表现得很冷静。

“忘记我刚刚说过的话，什么也没有发生，那些愚蠢的女孩只是自作自受。”

话音刚落，从他们附近的某处传来一声深沉且夹杂着失望的咆哮声，这与他们之前听到的任何声音都不同。仿佛周围的树都在表达着不满，粗壮的树根扭动着身躯停在他们面前，另一棵树也靠了过来，它们一起形成了一道密不透风的墙壁。

“快说实话。”乔尼请求道。

“你疯了吗？”

“说吧，你头上的伤疤是从哪里来的？”

X猛地向后退了好几步，像一只迷路的羔羊一样四处搜寻，似乎想找一个逃避的出口。

“我背叛了她们。我承诺过要照顾好她们，但最终还是把她们抛弃了。”X几乎是大喊着。她把脸凑到乔尼的面前，乔尼能感觉到女孩激动的情绪在燃烧。

“你现在满意了吗？”X问道。

乔尼没有回答，只是对着面前大树形成的障碍点点头。挡在面前的树木再次退到两侧，之前的那条道路又出现在他们面前。

“这到底是……”

"嘘——"乔尼提醒道，"小心点。"

"这太不正常了。"

"你说得没错，这里不是森林，而是你，是你的内心世界。"乔尼说道，"你如果想要我们离开这里，就必须为我们开辟一条道路。"

我们爬上了山坡。手电筒的光在夜晚格外刺眼，山脚下一群警卫在拿着手电筒仔细检查我们丢下的车子。我暗自期望可以再看一眼沃尔特叔叔，至少知道他还活着，但天实在太黑了。守卫犬的吠声明显是冲着我们的藏身之处的，但幸好我们爬得足够高，它们没办法直接捕捉到我们的踪迹。而且，由于夜晚一片黑暗，它们也没办法直接追踪我们，这让我们得以领先一步。

我们走了三四天，渴了就喝路边的溪水，饿了就吃从河里抓到的小鱼。有时

我们能抓到老鼠或者蜥蜴，
X1 尤其擅长追踪动物的踪迹。
事实证明，与我当初在营地里想的
不一样，她们之间还是有不小的差异的。
例如，X3 要比其他几个更安静，通常她会先
观察情况，然后果断坚决地采取行动。X4 则是队伍里
的气氛调节剂，她总会在大家紧张郁闷的时候跳出来缓和气氛。所以，她们并不仅仅是复制品，而是和我一样的普通的女孩子。

　　那四个女孩，克隆人，我的妹妹……在路上的时候，我向她们道歉，因为我，她们不得不成了克隆人。可她们对此并不介意。

第五天，我们到达了一个位于群山之间的荒凉的小村庄。村子里的街道带给我一种奇怪的熟悉感，我就像走进了自己的梦中。

徘徊片刻后，我意识到这里是我的家乡。当年，趁着村子里的所有大人都外出寻找食物的时候，穿着灰衣服的男人们把村里的小孩子都带走了。

我们找到了我家的房子。当然，一开始我根本没有认出这就是我的家，毕竟一切都过去那么久了。但是院子里绿色的秋千让我不自觉地停下了脚步。淡黄色的木板斜挂在一条链子上，在空中晃荡。轻风吹拂我的脸庞，我好像看到年幼时妈妈在后面推着我荡秋千。屋子里的一切都掩盖在厚厚的

灰尘下，然而不知为何，房间里的时光像老照片留存的风景一样，给人一种不真实的感觉。我依旧清晰地记得我的房间和那个小小的床铺，就像我前一天早上刚从那里起来一样。那一天晚上，我躺在自己的床上休息，女孩们则睡在我父母的双人床上。我没有睡着，因为害怕追踪者找到这里把我们抓回去。我眼睁睁地看着天花板，四周寂静无声，过去的一切都回到了我的脑海中。这寂静的感觉与当年一样，昆虫停止了鸣叫，妈妈饿死在家里，爸爸站在我的床前，他的背上背着一个背包，努力让自己看起来很有精神。

“你是个聪明的女孩，我出门去找吃的，储藏室里还有我们剩下的所有的玉米。省着点吃，等到我回来的时候，一切都会变好的。”

然后爸爸弯下腰在我的额头上留下一个吻。我还记得，爸爸的嘴唇很干燥。在这之后一切就变得十分安静。太安静了。

第一批强盗在天亮之前潜进了我的家。整个村庄都留给了孩子们，我们就像无人看管的野兽一样。我首先要防止两个比我大上许多的女孩抢走那些微薄的食物，这次我侥幸成功了，但接下来好运并没有眷顾我。他们把爸爸留给我的所有食物都抢走了。那个时候我学会了斗争。我做好了为每一粒玉米献上生命的准备。没有人可以让我信任，到处都是敌人，所以当穿着灰衣服的人来到村里的时候，对我们来说是一种解脱。那时，我真的相信，联邦是我们的朋友。

X的讲述停顿了一下。转眼间，他们已经离开湖边向前走了很远，随着X敞开内心世界，脚下的小路变得越来越开阔。乔尼担忧地看了身旁的同伴一眼，X看起来精疲力竭，似乎说出刚才的那段话要比任何其他事情都让她痛苦。

“继续吧，然后发生了什么？”

“我不想再回到那个地方，即使在回忆里我都不想。”

森林发出警告般的嗞嗞声。

“对我来说，就算被永远困在这个地方也没什么大不了的。”X叹了口气，喘着粗气说道。

“那我们呢，你难道就不在乎我和希望会怎么样吗？”

X疲惫的目光落在乔尼和影狮身上。乔尼吓了一跳，X的身体里好像装着另一个人，那个人正透过X的眼睛注视着他们。那是一个更加成熟的人。X皱着眉头点了点头。

那是我们在村子里度过的第二个夜晚。我从床上起来，来到父母的卧室。女孩们还在睡觉，除了X3。等我走到她身边的时候，她露出了微笑。

“这里好安静呀，”她小声地说，“和那个可怕的营地完全不一样。”

我点点头。小的时候，我总会躺在床上，竖着耳朵倾听青蛙呱呱叫的声音，还有夏天有节奏的蝉鸣。日子久了，动物的声音越来越小，最后完全消失了，现在只剩下空虚的寂静。

X3拉住我的手。她的手放在我的手心里，小小的，像刚出生的小鸟。

“我出去找吃的。我知道离这里两天路程的地方有一个湖泊，湖里有许多鱼。至少以前是有很多活鱼的。我会把所有的饮用水都留给你们。”黑暗中，我凑在她的耳边说道。

“为什么我们不可以一起去？”

“山上很冷，我没办法一边照顾你们一边捕鱼。所以你们最好留在这个安全的地方。”

“我明白，但还是觉得有点难过……”

“别害怕，我会照顾好你们的，很快我就回来。”我承诺道。

X3 突然从床上起身，飞快地在我的脸颊上亲了一下。这是我关于她们的最后的记忆。当我再回到村子里的时候，女孩们都不见了。我继续逃亡，直到我遇见了一支由叛逆的孩子组成的队伍。他们告诉我宇宙飞船的事情，我加入了他们。我们一起登上了宇宙飞船，最终活了下来。

X 似乎用尽了最后的一丝力气，只能手扶着树干勉强支撑身体。她不停地喘着粗气，脸色如白纸一样。乔尼小心翼翼地把手放在她的手臂上，她并没有拒绝。

“休息一会儿吧，你做得很好了。”乔尼说道。

与此同时，他们听到一声剧烈的破碎声，转身一看，一棵巨树倒在他们身后。整片森林似乎都变得不正常了。树干疯狂地摇晃，粗大的树根像蛇一样扭动。他们前方的小路先是变得蜿蜒扭曲，接着彻底消失。从树冠上掉落下无数只黑色的蜘蛛，像冰雹一般打在他们的身上。

乔尼惊恐地四处张望，希望紧紧地趴在地上，只有 X 仍一动不动地站在原地，一副没感到任何异常的样子。蜘蛛以惊人的速度在他们周围织成一张白色的大网，像下了霜雪一样。

“你撒谎了！”乔尼冲X喊道。

X闭上了眼睛。

“你讲的不是真的！”

X点点头，咧着嘴笑。

“快说实话，否则我们都会死在这里，这个森林马上就要杀死我们了……是你，你要杀了我们！”

第二十二章

“我背叛了她们，我用她们被抓换自己的自由，我是一个懦弱的叛徒，不配活下去。”

“我不相信，你帮助了我们，还驯服了影狮，拯救了营地。”

“你根本不了解我。”

“我当然不了解，除非你现在就告诉我关于你的所有事情，否则我永远都不会了解你。”乔尼的喊声几乎盖过了森林的呼啸。同时，他几乎歇斯底里地疯狂挥舞着胳膊，想要摆脱这铺天盖地的蜘蛛网。

“我是联邦政府的间谍！”X从喉咙里吼出一句回答。

有时，沉默的力量比最猛烈的暴风雨更震撼人心。现在就是如此。周围的一切都静止在原地。就连树叶都没有一丝颤动，压抑的沉默占据了整片空间。很有可能，森林正在为沉重的最后一击积蓄力量。

“你不可以再说谎了，一个字都不行。”乔尼小声道。

“我不会的。”

“无论多么痛苦，你都必须说实话。”

穿灰衣服的男人站在村庄外面，他们一共有五个人，穿着干净整洁，都系着领带。我不知道他们在那里待了多久，也许从一开始就在那儿。我们可能一直都被跟踪，所以根本没必要逃跑。

“真是个美丽的夜晚。”其中一个男人说道。

我没有回应，内心在思索着逃跑的可能性，这些西装革履的人跑起来不会很快。

“你当然可以跑，我们也不会跟在后面追你。”另一个男人轻松地说道。

“但这完全没必要。”第一个男人又说。

我不知道他们说的是真话还是在欺骗我。我也不知道他们只是碰巧出现在这里还是从始至终就掌握了一切。不过很快，答案就摆在我面前了。

“你找到了自己的家，相当了不起，恭喜你。”其中一个男人称赞道，就像真的在祝贺我创造了一个伟大的成就。

“屋子里的女孩们一定又累又饿。”另一个人冲着我家的方向点点头。

“不要再浪费时间了，我们有一个提议。”第一个男人微笑着说道。

“你当然可以拒绝。”

“没错，我们不会强迫你。联邦是大家的朋友。”

“联邦是大家的朋友。”

之后，他们用同样温和的语气向我解释了这个提议。联邦政府了解到，一队自称“反叛小组”的孩子打算登上前往开普勒 62e 星球的宇宙飞船。这对联邦政府来说没有任何影响，因此它不打算以任何方式干预这项计划。然而，联邦政府希望在宇宙飞船上拥有属于自己的眼睛和耳朵，它希望有个人向自己报告飞船上和星球上发生的一切。

“这并不困难。”另一个人说。

“时不时地向联邦政府汇报就可以，你一定能做到。”

“如果我不同意呢？如果我现在就跑到山的另一边，让你们永远都找不到我呢？”

男人们彼此对视了一眼，看起来有些惊讶，甚至有些难过。

“对那些女孩来说，结果恐怕会令人遗憾了。”

“非常遗憾。”

我不知道该说什么。我并不欠女孩们任何东西，并不是我想让她们来到这个世界的。可是，我仿佛感到X3的小手就在自己的掌心里。最终，我点点头。

“如果我答应了，你们保证不会伤害这些女孩吗？她们可以安全地活下去，不会有人往她们的脑袋里……放什么东西？”

男人们像听见笑话一样大笑出声。

“哈哈，不会，当然不会！你不需要担心，这对每个人来说都是一件好事。”

“沃尔特叔叔呢？”

男人们又对视了一眼，原本“愉快”的气氛消失了片刻。我害怕听到最坏的情况。

“他想要逃跑，最后被发现了，一切又回到了正轨。你也不需要担心。”其中一个男人答道，其他人都点点头。

就这样，我把自己的灵魂卖给了魔鬼。男人们把我塞进反叛小组里，我们接管了那艘宇宙飞船，来到这里……好吧，之后的事情你都知道了。

“我不知道，”乔尼瞪大了眼睛反驳道，“所以，你遵守承诺一直向他们汇报我们的情况吗？”

X 点头。

“他们给了我一个设备，用来发送信息，我甚至不清楚它是怎么工作的。人工智能控制着世界，要比人类智慧高级得多，能制造出许多我们想不到的东西。来到开普勒 62e 星球后，我一直回避着其他人，避免知道更多重要的消息，直到那些男孩在营地外抓住我，我因此遇见了你和影狮，从未想过的事接二连三地发生了。”

“你把所有事情都告诉他们了吗？”

“我不得不这样做，因为只要我稍微有一点隐瞒，他们立刻就能察觉到。只有我一直向他们汇报，地球上的女孩才能安全地生活。关于这一点，他们给了我很明确的承诺。”

“间谍。”乔尼念叨着，无法掩饰内心的失望。

“叛徒。”X 小声说着，低下了头。但随后她又抬起了脑袋，用满含悲伤的眼神望着男孩，“岩石上的那幅岩画……”

“怎么了？”

“那是我，我才是那个怪物。”

森林深深地叹了口气，仿佛终于听到了满意的答案。他们面前出现了一条由树木形成的走廊，尽头处闪着耀眼的光芒。

“快跑！”乔尼声嘶力竭地喊道。

“我留在这儿，你们快走。”

“快跑！”

“我不走。”

面前的走廊再次开始闭合，乔尼想，这一次应该就是永远了。

乔尼灵机一动，一把抓住X，把她扔到影狮的背上。X惊呼出声，一下子摔到希望的脖子上。乔尼赶忙爬到X身后坐好。

“希望，救救我们！”乔尼小声说道。

希望扬起脑袋，发出一声令人毛骨悚然的吼叫。它一跃而起，以惊人的速度向前奔跑，乔尼和 X 几乎要被甩下去，只能勉强地匍匐在它的背上。前方道路上不断伸长的枝叶和扭动变形的树根都在告诉他们：所剩的时间不多了。希望加快了奔跑的速度，锋利的爪子踩在不断涌出的障碍物上，把它们当成跳板，向着隧道尽头的光亮奔去。

第二十三章

生存的本能驱使他们一直跑了好久，直到把张牙舞爪的森林远远地甩在后面，他们才获得了一种久违的安全感。希望用尽全力后瘫倒在地上，乔尼温柔地抚摸着它的脊背，它像一个烧开了的水壶一样喘着粗气，喉咙里发出嗞嗞的声音。

“它不会有事的，”X把耳朵贴近希望的胸腔，听见里面的心脏依旧有力的跳动声，“它只是太累了，经历了这么多之后。”

“它救了我们。”

X点头。

“你也救了我们，”乔尼接着说道，“再一次。”

X探究地看向他。

“谢谢你这么说。”让乔尼惊讶的是，她揉了揉自己的头发后道谢。

“这是很明显的事。”乔尼害羞地说道。

X 没有再回话。她坐在影狮的旁边，专注地看着眼前的景色。绿色的草原覆盖着整片山谷，高山林立，围在山谷四周形成一道道壁垒。至少从他们的角度看，这壁垒是如此牢不可破、坚不可摧。他们进入山谷的路线似乎是进入这片隐秘区域的唯一通道。

“那片森林，不管它到底是什么，就是这片山谷的大门，森林是通向山谷的入口。”X 回忆起在森林里听到的声音。

乔尼瞥了一眼身后，不禁打了个寒战。

“它不再是了。”

“什么？”

“你回头看，森林消失了。”

X 刚刚转过身，立刻僵住了。她和乔尼看到的景象一样，森林确实消失得无影无踪。

“我觉得，我认识这个地方。”乔尼缓缓地说道。

“啊？这不可能。”

乔尼困惑地看着周围的景色，然后仿佛确定了什么似的点了点头。

“那个时候，我和阿里一起在家玩《开普勒 62 号》的游戏，通关后，屏幕上出现的照片里就是我和阿里在一片草地上放风筝。照片里的草地和眼前的这片草地一模一样。我也不知道这怎么变成了现实，但我敢肯定，这就是游戏结局里的那个地方。现在我相信阿里也在这里，这不可能是巧合。有人……或者有什么东西引导我们来到这里，也许这就是我们一直奔波的最终目的。”

滚烫的泪水涌出乔尼的双眼，流淌过他的脸颊，但他毫不在意。突如其来的情绪像一场暴风雨在他的内心深处掀起风浪，清洗了过去的所有痕迹。猛烈的浪潮一波又一波袭来，对此他完全无能为力。

浅绿色的大草原如同一块毛茸茸的地毯。一朵云彩飘到太阳前面，挡住了炽热的阳光，在山谷里投下一片阴影。在颜色即将消失时，他们终于明白自己看见的到底是什么。

“这是座城市，巨大的城市。”乔尼倒吸了一口凉气。

“低语者的城市。”X 说道。

现在，乔尼确信了，草原上出现的形状奇怪的物体是一个个巢穴或是一座座房屋，在低语者的城市里它们或许拥有不同的名字。用干草和稻草编织而成的圆锥体的建筑物，很像他们刚降落到这个星球时看到的那些房屋。那时他们看到的还只是一个小村庄，但这一次出现在他们眼前的是一座巨大的城市。乔尼咽了咽口水。一股寒意沿着他的脊背缓缓爬升。尽管是无意的，但他曾让一个村庄的低语者因感染他身上的病毒而死亡。之前在森林里发生的事情当然不是巧合，如果低语者能从 X 那里挖出深埋已久的真相，他们一定也会知道关于他的一切。

“你还带着它吗？”乔尼小声地对 X 说道，生怕有人听见，尽管他们的周围只有翠绿的草。

“什么？”X 不解地问道。

“你用来给联邦政府传递消息的设备。”

X 的身体颤抖了一下。她好像才记起来自己在森林里已经把所有的秘密都说了出来。从秘密中解脱让她有一瞬间失忆，但现在一切都在眨眼间回到她的脑海中，仿佛发炎的伤口重新被撕开，带来无法忍受的疼痛。

X 摇摇头。

“我把它留在山洞里了。我以为这次远行可以让我从任务中解脱出来，显然是大错特错了。”

乔尼点点头，但还是看了一眼 X 的背包，像在怀疑 X 是否说了真话。X 注意到乔尼的眼神，一下子站了起来，把背包从身后扯下来，愤激地把包里所有的东西都倾倒在了地上。只有几件衣服、空的营养剂瓶子和一根细绳。两个人陷入冰冷的沉默，愤怒的 X 捡起地上的东西装回自己的背包。

第二十四章

慢慢走下山坡时，他们逐渐意识到，对低语者来说，自己并不是什么受欢迎的客人。乔尼曾把病毒带到了这个星球上，这种病毒对低语者来说是恐怖而致命的；X 又是一名间谍，为贪图地球上的所有能源且自称是联邦政府的人工智能工作。

“你信奉神明吗？”乔尼突然问道。

“并不。”

“低语者呢？在营地里的时候，我们总会说‘愿低语者保佑你’，因此许多人相信低语者是某种神明。”

“对此我并不想发表任何评论。”

“如果低语者控制着那片森林，它们怎么会不是神呢？除了神，还有谁能做这种可怕的事？”

X 略带担忧和愧疚地看向身旁正在踱步的乔尼，她在森林里几乎坦白了所有事情。几乎所有，但并不完全。如果低语者是神的话，那个时候他们为什么不要求她把所有事情都讲出来呢？难道神也有不知道的事吗？还是说这是神的宽恕和恩典？与神有关的或者诸如此类的胡言乱语连她自己都不信。

“你还没有说你头上的伤疤是怎么回事。”乔尼突然间转变了话题，像在呼应女孩内心的疑虑。

“你怎么突然间想到这个？”X疑惑地问道。

“碰巧罢了。”乔尼漫不经心地说。

“好吧。”

“你仍旧不打算告诉我？”

女孩摸了摸头发下凹凸不平的疤痕。它已经完全没有感觉了，就像刻在另一个人身上一样。

“没关系，等你愿意说的时候再说吧。希望看起来已经恢复了，它可以继续做我们的马车吗？这真的太方便了，让我们省了不少力气。”乔尼继续胡说八道着，这让他们的注意力逐渐涣散。

突然，它，出现在他们面前。

他们骤然停下了脚步，即使眼前没有墙壁之类的障碍物。他们只是觉得再也无法向前迈出一步，再怎么努力也无法做到。希望原本慢慢地跟在他们身后，却突然脚下一滑，窜到了两人前方。它闭上了眼睛，像在回避某种根本不存在的耀眼的光芒。只有一个身形巨大的、像蚱蜢一样的生物静静地站在草丛中。乔尼他们不知道低语者是否在观察着他们，也不知道低语者是否注意到了他们。它只是沉默地站在那里，挥动着头上两根长长的触角，好像在感知某种看不见的东西。然后，他们发现在侧方出现了第二个低语者，在对面出现了第三个。每当他们转过头时，新的低语者就会出现在另一边。

他们被包围了，低语者围绕着他们站成了一个稀疏的圆圈，它们静静地站着，只有头上的触角在挥动。乔尼好奇地想，低语者之间是否在进行无声的交流，它们仅仅通过触角

就能彼此交谈？

“阿里在这里吗？”乔尼用微弱的声音问道，至少在他自己的耳朵听起来是这样，“他是我的哥哥。”乔尼补充道，尽管他清楚没必要这么说，因为他强烈地感觉到低语者对他们一定了如指掌。

眼前的生物对乔尼的问题没做任何反应。

“我们不会做坏事的。”乔尼接着说。

低语者如同图腾一样站在原地。它们给人的感觉既远又近，仿佛距离对它们来说毫无意义。乔尼想起妈妈曾给他们看过的巨石阵的照片，一个个巨大的石柱围成神秘的圆环。据说那里流淌着一股奇异的能量。此刻的他就感觉自己仿佛正身处一个诡异的能量场中间，他的手指发麻，微弱的电流在脊背上流淌。

“我们应该趴在地上吗？还是该怎么做？”乔尼小声地说。

X 摇摇头。

“我并不觉得我们做的事对它们来说会有任何意义。”她否定道。

突然，他们注意到低语者围成的圈子开始出现缺口，它们消失的速度和出现的速度一样快。

“嘿！”乔尼害怕地喊道，“别走！”

乔尼的呼喊没有任何作用，最后只剩下一个低语者还留在草地上，这也是他们最先看到的那位。

“帮帮我们吧。”乔尼恳求道，他小心翼翼地向前靠近了一步，为此付出了巨大的努力，“我想要我的哥哥回来，我需要他。”

低语者的触角停下了动作，它稍微弯下腰。它点燃了乔尼内心希望的火苗。他和低语者终于开始沟通了。他伸出两只手，仿佛在表明他没有携带任何武器，毫无威胁。低语者对乔尼的手势做出了反应，它略微抬起了前腿。就在这时，乔尼感觉到眼前飞快地闪过一道淡黄色的光，希望从草丛中一跃而起扑向低语者。

“不要！”X大喊一声，试图阻止希望的动作。

紧接着，他们看见一道光亮，同时听见奇怪的嗡嗡声。转眼间，低语者便消失了。希望躺在草丛中，毫无生气。

第二十五章

“不，不，不！”X把脸深深地埋在希望的身上。

乔尼无助地看着X试图唤醒沉睡的影狮。碧浪起伏的草地一望无际，美不胜收，但他们都没有心情欣赏这片美景。低语者的城市从他们的视线中消失，但它一定就在地平线上绵延的青山之间的某个地方。

“它死了吗？”长久的静默后，乔尼终于开口了。X则一直躺在希望身旁，耳朵紧贴在它的胸口上。

“我听见了心跳声，十分微弱，听起来像来自遥远的地方，但这表示它还活着，依旧活着。”X用颤抖的声音说道。这让乔尼感到害怕。一直很坚强的X现在听着它的心跳声，如同抓住了最后一根救命稻草般。

“我们必须继续向前走，也许我们还可以救它。如果不走的话……”

“不，”X用破碎的声音喊道，“我不会抛弃希望的，永远都不会！”

X紧紧抱住希望的脖子，乔尼意识到他无法劝说X行动，至少现在不行。他必须做出一个决定。

“我要继续走。阿里就在不远处的某个地方，我能感觉到。”乔尼平静地说道。

X没有回答，但乔尼如果没有看错的话，X的脑袋略微动了一下。她也许是在点头，也许只是在抽泣。乔尼用手轻轻地抚摸着X的肩头，把背包背到自己的背上，转身离开了。

刚往前走了几步，他就已经气喘吁吁了。尽管脚下的路地势平坦，但是落在柔软草地上的脚再抬起来仍觉得很沉重，他像在齐腰深的泥潭里跋涉。每一步都需要他付出不小的力气，然后下一步，再下一步。他相信，每走一步，就会更靠近哥哥一步，这种信念让他坚持到现在。但是放弃的想法也一直在诱惑着他，不如停下来吧，顺其自然是多么简单，躺在草地上，什么也不想该多好。

天空如同一个大穹庐，扣在这个被群山环绕的草原上。一种奇怪的想法突然浮现在乔尼的脑海中——他觉得自己是一只被关在巨大玻璃杯里的小虫子，外面的观众一直在观察他在草地上挣扎的样子。如果这个想法是真的呢？他想起岩石上刻画着的怪物的脸。也许整个开普勒62e星球或者宇宙只是一个大大的玻璃容器，是某种宇宙怪物的玩具。这个想法是如此荒唐，乔尼赶紧闭上眼睛，咽了咽口水。他重新把注意力集中到脚下，“一、二、三……”他默默地数着自己的脚步，一步步向前走。

过了一会儿，他停下脚步看向四周。X和希望就在他身后这片绿色海洋的某处，前方的群山并没有丝毫变近的感觉。他不知道低语者的城市是离他更近了，还是变得更加遥不可及。他醒悟到，看起来很近的群山或许只是因为高达几千米，才显得近而已。他们当成巢穴或者小房子的建筑可能大得吓人，只是因为距离太过遥远，看起来很小而已。绝望开始占据他的内心，他可能永远也无法抵达自己想要到达的目的地。吃的已经没有了，水瓶里灌满的湖水早已喝光，他还能再坚持一会儿，之后一切就都结束了。

突然间，乔尼想起玛丽曾经告诉过他，低语者是如何与人交谈的。他曾在自己的脑海中想象过低语者的声音。玛丽还怀疑低语者能够控制天气，比如那场浇灭了瓦利为和嘶嘶兽点燃的大火的瓢泼大雨，很有可能就是低语者的杰作。如果这些生物能够操纵降雨，那么反过来说，它们也可以带来干旱和烈日。它们现在会给他制造麻烦吗？它们会用高温把他杀死在这片大草原上吗，像杀死一只玻璃杯里的虫子一样简单？

男孩膝盖一软，跪在草地中间，他觉得脑袋发热，里面像有一壶沸腾的热水。他先放下背包，然后脱掉连体工作服，因为衣服几乎要烫伤他的皮肤。他想念留在营地的妈妈，想念不知在何处的哥哥。他又渴又饿，难受极了。就在这时，他突然觉得什么都不重要了，于是他放弃了一切——是的，就这样，做出这个决定很简单。他甚至脱下了内衣，赤裸地躺在无情的烈日下，躺在炽热的草地上。一种让人愉悦的麻酥酥的感觉传遍他的全身，手脚都变得轻快起来，像有人抬起了他的四肢，乔尼觉得自己飘起来了。

他不禁笑出了声，突然间一切都变得如此容易，你只需要敢于许下愿望。

乔尼希望云层可以遮挡住太阳，于是一朵云彩飘到了太阳前。乔尼希望凉风可以给他灼热的身体降温，于是风来了。乔尼希望此时下一场雨，他就有水喝了，于是天空开始下雨了。在失去意识堕入黑暗之前，乔尼满意地想，这个地方一定就是天堂。

第二十六章

他看见了一片花丛，至少他觉得是。地球上的花在昆虫消失后都枯萎了，直至再也找不到一朵盛开的花，只剩下人工授粉的谷物，比如玉米。可是现在映入他眼帘的却是真实的花。大大的、饱满的花朵散发着甜蜜的清香，成排的花

朵在风中摇曳，昆虫如厚厚的云彩一样围绕在它们周围，不停地鸣叫。巨大的蚱蜢般的生物几乎悄无声息地在花丛中移动，它们看起来正用触角专注地感知路过的花丛，好像在和那些花说话。直到这时，乔尼才意识到这些植物有多么高大，它们至少与低语者是差不多的高度，而且有一部分比低语者还要高。

低语者的行进像影片中的慢动作，它们不慌不忙地在花丛中穿梭，从一朵花的旁边来到另一朵花前，然后停下来，用触角碰一碰面前的花朵，接着继续走向下一朵花。同样的动作一直在重复，这让人想起某种仪式。几十个（如果没有上百个的话）高大的生物排成整齐的行列在花海中穿行，它们的动作像精心排练过的舞蹈一样整齐。

乔尼想要挪动自己的身体，但是随即他意识到自己从头到脚都被某种坚实的东西包裹着，只有脸是裸露在空气中的。等他稍微恢复意识的时候，他惊讶地发现自己就躺在花丛中，这个事实没有让他感到任何不快，相反，他带着一颗轻松愉快的心感知着面前发生的一切，过去困扰着他的恐惧和焦虑似乎都消失不见了。

花海后方升起一个巨大的发出棕橙色光芒的建筑物，建筑物顶部是一个高耸入云的圆锥体，越往上越细。它比地球上大部分的摩天大楼都要高得多。乔尼的视线向更远方望去，他看见了更多类似的建筑物。

乔尼试图摆脱身上的束缚，重新获得自由。包裹着他的东西随他的动作摇摆着，让他的努力化作泡影，他像一个支架一样被摆成直立的姿势。

“喂！”乔尼冲着在花园里走来走去的低语者大喊道，

“我醒了，你们可以放我下来吗？”

没有任何回应。低语者不受影响地继续做着自己的动作，好像乔尼根本不存在。乔尼觉得喊出的声音像被吸入了黑洞，喊完之后，他甚至不确定自己是否真的发出了声音，还是只是在脑海中想象了呐喊的画面。

“我在这里！”

乔尼再次大声尖叫，几乎用尽肺里的全部空气。

还是没用。

乔尼尝试着环顾四周，他只能看见附近植物粗壮的根茎从湿润厚重的泥土里钻出来，然后向上爬升。缠在身上的浅绿色叶子让他几乎透不过气来。过了好一会儿，他才终于明白，原来自己是巨大花园中的植物之一——自己目前被包裹在植物里面。

恐惧重新回到乔尼的心中，他开始大喊、咆哮、挥舞手臂，想要挣脱这该死的绿叶，但强大的植物以温柔又不可摧毁的决心抵抗住他所有的尝试。它把乔尼紧紧地裹住，就像一位温柔的母亲把不停哭闹的孩子抱在怀里。低语者在花园里漫步，丝毫没受打扰，乔尼觉得它们一定是又聋又瞎。

乔尼终于意识到他的努力是徒劳的，这个特别的、富有生命力的“监狱”对任何暴力行为都完全“免疫”。他闭上眼睛，突然想起了在草地上彻底失去意识之前的情况——仅仅靠意念来控制周围环境。

他清空了脑海，丢掉了所有乱七八糟的想法，抑制住逃跑的欲望，隐藏起对哥哥、X 和希望的思念和担忧。他几乎停止了呼吸，植物茎脉中汁液流动的声音在耳边回响。低语者催眠般的行动在他的脑海中浮现，他像一台需要调频的无线收音机，只等待调试到正确的频道。他终于和植物、周边的环境，和大自然融为一体。他觉得自己就是一棵真正的植物。

“打开你的叶子。”乔尼的脑海中有个声音说道。有可能这就是他自己的声音，但他并不确定。植物的叶子开始松动，然后完全打开，他赤裸着身体掉落在植物根部上，像一颗熟过头，但尚未腐烂的果实。

第二十七章

他们在一座用干草编织成的高大建筑物上面。“他们”，包括乔尼和几十个低语者。低语者除了高矮各有不同外，其他方面几乎一模一样，让乔尼无法区分。这些沉默的低语者挥动着头上的触角，除此之外什么也没有做。乔尼重新穿上衣服，巨大的花园就在他们的面前。站在这里往远处看，可以清楚地看到广阔的花园，花园的四周坐落着无数和这个高大建筑物相仿的锥体建筑。低语者的城市规模巨大，但很难搞清楚这里有几百个还是几亿个居民。

最奇怪的是，他并没有丝毫害怕的感觉，尽管他无法预测这些神秘又威严的生物打算对他做些什么。他从植物中解脱出来，结果却打断了它们的仪式。很快，许多低语者迅速聚集在他的周围，其中一个低语者用健壮的前肢把他举了起来，带到现在这个地方。

“你们想要做什么？”

乔尼找到了一种不出声的说话方式——在脑海里交流。

没有回应。

“我在找我的哥哥，他对我来说很重要。”

与此同时，天空中响起一阵轰鸣声，声音越来越大。明亮的阳光下出现了一道阴影，离他们越来越近。突然，一个巨大的低语者落在他们的面前，体形大约是他以前见过的低语者的两倍，它的后方紧跟着几十个同类生物。它们都比乔尼以前见过的低语者更大，颜色更深，可以说是通体全黑。

其中最大的那一个收起翅膀，停在乔尼面前。乔尼感觉到它的周围存在着一个强大的力场。他无法判断这种力量来自何处，但这至少并没有使他产生抗拒的心理。

“赤裸地进入一个坑里，等到再出来的时候已经穿上了漂亮的衣服，这是什么东西？”有声音在乔尼的脑海中问道。他很难描述这个声音是高是低，是低沉还是响亮，他只是感知到了这个声音，随后意识到自己正面临着一场考验。所有低语者都默不作声，就连头上的触角都没有移动半分，等待着乔尼的答案。

种子——答案从乔尼的脑袋里冒出来。他立刻确信，这就是正确答案，但并没有感到满意或者放松。他只是知道了一个谜语的答案，仅此而已。

“很好，你可以摘三朵花。明智地选择你要摘的花，不过动作快点，给你的时限只到日落前。”

三朵花？

“为什么？日落之后呢？会发生什么？”

乔尼的脑袋里充满了问题，但没有机会得到解答。

和突然地到来一样，低语者重新张开翅膀，带着身后的护卫队飞走了，在湛蓝的天空中划过一道黑色的弧线，之后彻底从视线中消失。乔尼震惊的目光一直追随到天边。

乔尼犹豫地看着花丛中巨大无比的花束。三朵花。是用来做什么的呢？为什么他不能只摘一朵呢？为什么他必须谨慎选择呢？

他迟疑了一下，下意识地把手伸进口袋里。紧贴口袋底部的那张柔软的纸条抚平了他躁动的内心。真相一点点地在面前揭开，这让乔尼再度呼吸困难，好像氧气不够用似的。花丛中花朵耀眼的色彩在他的眼中模糊成一片，仿佛有人打翻了一桶桶色彩缤纷的颜料。

三朵花。X，希望，阿里！

第二十八章

这毫无疑问是一片花海。这里的花看起来都是同一个品种，叶子厚厚的，茎干结实，硕大的梭状花朵闪耀着深深浅浅的红色光芒。叶子围绕在花茎周围，形成一道密不透风的墙，简直像一座活着的监狱，乔尼不久前还被关在里面。光从花的外表来看，很难推测出里面包裹着什么东西。乔尼也无从得知，他的朋友们是和他一样被包裹在叶子里，还是被关在花朵里面。但他很确信，他们一定在这里的某个地方。

选择三朵！乔尼用手半遮住眼睛，仔细观察着这片红波起伏的花海。微风吹过，花海泛起层层涟漪。如果他的朋友和家人此时此刻被囚禁在其中的三朵花里，那么其他许许多多的花朵中包裹着的是什么呢？这些花存在的目的到底是什么呢？难道每朵花里都有一个人？如果他的猜想正确的话，那么此刻展现在他面前的将是有史以来规模最大的监狱。

乔尼试图通过推断（也许阿里、X和希望被关在最外侧的并排的三朵花中）、观察（是否有些花朵在风中移动的方向和其他花朵的不一样）、算数（也许花朵排列组成了某种坐标）来解决这个问题，但这些办法都没有让他接近答案。他还尝试着模仿低语者在花丛中的动作，或许它们的行为中隐藏着阿里他们的下落的线索。然而这些蚱蜢一样的生物，依旧是那么平静、神秘和深不可测。

要明智地选择！

太阳要落山了。他知道时间最多还有半个小时。开普勒62e星球上的太阳并不是缓缓落下，而是飞速下坠。可是几乎不需要尝试就可以知道，这项任务根本是不可能完成的。对他来说，这简直就是折磨。

乔尼来回地在花海边缘走。地上被踩出一条条小路，这就是低语者在花丛中举行仪式时走过的路。他思考着，这些足迹会不会隐藏着什么线索？但随即他放弃了这个想法。他没有时间研究这些错综复杂的痕迹了。

他把手放在最近的一朵花的花茎上，立刻感觉到仿佛有一股微弱的电流沿着他的手臂一直传送到肩膀，莫名地让人精神振奋。乔尼又伸手摸了摸另一朵花。一样的触觉，但带来的感受不同。这一次，他感觉自己的脑袋一阵刺痛。它唤起了乔尼脑海深处的童年记忆，像有人打开了电影放映机，过去的一幕幕在眼前重现。他和阿里坐在沙发上打游戏，妈妈从卧室的门缝里偷看。想到此处，乔尼猛地移开自己的手。虽然触摸这些花朵回忆过去让他感到意犹未尽，但是留给他的时间不多了。光线已经开始出现变化。随着晚风吹拂过荒漠，带走细细的尘埃，熟悉的橙色和褐色悄悄浸染了大地，群山的颜色也变成深蓝。

乔尼试图回忆起他被关进花朵之前发生的事情。有一瞬间，他有一种连天上云彩的飘移都能随意控制的感觉，但这大概只是中暑带来的错觉。

他记得自己还命令花朵打开叶子放他出来，这会是真的吗？有没有可能是低语者释放了他呢？

但现在还有别的办法吗？时间飞逝，太阳就要下山了。

没有其他办法了。

乔尼闭上眼睛，把手放在旁边花朵的花茎上，令他难以置信的是，虽然闭上了眼睛，他也能看见花海，只是颜色发生了改变。闭眼后，他看见花朵在一个摇晃的能量场中摇曳，发出白色的光芒。他的另一只手放在口袋里，摸到一张柔软的纸条。

纸条上的话像霓虹灯广告牌上的标语一样出现在他的脑海里——要相信人性中的善，不要让希望的光熄灭，要无条件地去爱。信念，希望，爱。此刻，当恐慌如洪水般要把他吞噬之时，这句话显得格外苍白无力。

要相信人性中的善。乔尼让自己的大脑休息片刻。X 背叛了他对她的信任。她是一名间谍。他怎么可能再相信这个女孩，相信她会选择善而不是恶呢？但他最终还是选择相信，相信这个女孩的内心仍然存在善良和美好。这时，他分辨出了 X 所在的那朵花。在一片发出白光的花朵中，有一朵的光格外耀眼，几乎让人无法直视它。乔尼闭着眼睛走到那朵花前摸了摸，它的光立刻变暗，然后熄灭了。

希望，这很简单。影狮曾经给了他们生存的希望，它把营地里的人从濒临饿死的危机中解救出来。而它还帮助他们在数次险境中获得一线生机，他无比信任这头开普勒 62e 星球上的野兽。希望。另一朵花的光芒骤然变亮，乔尼立刻跑过去触摸它的叶子，光立刻熄灭了。

要无条件地去爱。虽然最后的目标很明确，但这需要他付出最大的勇气。爱，是最危险的，因为与它相伴的是失去和死亡。你越敢于去爱，就可能会跌得越重。对哥哥的爱是如此强烈，以至于让乔尼感到最深的痛苦。乔尼的内心极其排斥这种情绪，与此同时他发现所有花朵的光都开始变得暗淡。即使闭着眼睛，乔尼也能感知到太阳正以飞快的速度落山。

“阿里，我的哥哥，我爱你！”

第三朵花是最明亮的，它像一座灯塔，所有迷失方向的人都向它奔去。乔尼跌跌撞撞地向它跑过去。

“阿里，我来了！”

他抬手抚摸花茎，最后一缕阳光照射在花朵上时，像X光一样清晰地照出了花朵中蜷缩着的男孩的身影。乔尼猛地睁开眼睛，身旁是他此生见过的最美的生物。

第二十九章

白色的低语者浑身发出柔和的光芒，使它看起来几乎是透明的。

“乔尼！”

这是妈妈的声音，是他无比想念的声音。

“你是神吗？”

白色的低语者俯身凑到乔尼面前，用头上的触角温柔地触碰他的脑袋。乔尼感到有一股温暖的能量顿时流入他的四肢，仿佛有人给他口中灌满了蜂蜜。

“我是无名者。”

乔尼发现自己竟然哭了。泪水顺着他的脸颊滑落，流进他的嘴里，他尝到了一股咸咸的、苦涩的味道。

“你为什么要囚禁我们？”

白色的低语者站直了身体。尽管周围一片黑暗，它的周身依旧散发着柔和朦胧的光芒。

“我们没有囚禁任何人。我们是想治愈你们。”

乔尼环顾四周，相比于亲眼见到花海，他更多的是凭感官感知到自己仍处于花海中间。

“这里是医院吗？”

白色的低语者没有立即回应，它看起来呆立在了原地，乔尼担心他做错了什么。此外，更让他心急的是还不知道自己是否已经成功解救了其他人。

“这个花园是生命之源，这些是生命之花，我们的工作是照顾和守护这些花朵。”

“孩子，你拥有了不起的力量，记得用它来保护其他生命，不要让任何人替你控制这种力量。”

乔尼的脑海乱成一团糨糊，它说的是什么意思？难道是指示？这个用妈妈的声音说话的低语者是在给他什么暗示吗？

“我的哥哥还有朋友都在哪里？”

这一次，白色的低语者明显做出了反应，它向着花海边缘走去。周围的花朵像要跪在它的脚边一样，随着它的动作弯腰匍匐。乔尼紧跟在低语者的身后。

在这样一个静谧的夜里，一个巨大的、闪闪发光的生物和一个疲惫的小男孩，一前一后地在芬芳的花海中穿行。就连天上星星的光芒都十分柔和。

花海边缘有一片被三个圆锥形建筑围起来的空地。空中飞来飞去的昆虫发出的荧荧光亮照亮了这片地方。它们应该就是当初乔尼和 X 在森林里碰见并且欣赏了好久的闪光虫。空地中央的杂草上躺着失去意识的影狮和两个人，一看见他们乔尼便立刻心跳加速。

一旁的低语者轻轻点头后，乔尼连忙冲过去挨个抱住他们，最后一个抱住的是他的哥哥。阿里缓缓睁开了眼睛，他感觉到弟弟的双手正搂着自己。

“发生了什么？”阿里说，“我好像睡了一会儿。”

当乔尼转过身想要感谢低语者时，它早已消失不见，仿佛从来没有出现过。

第三十章

他们睁着眼度过了这个星光璀璨的夜晚。希望警惕地趴在他们脚边，时刻注意着周围的动静，尖尖的耳朵竖起，像雷达一样探测着附近的异常。黑暗的夜晚，到处传来不同的声音。低语者给他们送来植物的叶子作为晚餐，叶子里面包裹着诱人的花蜜。它以一种神奇的方式填饱了乔尼他们的肚子，给他们补充营养，使他们恢复精神。

“到处都是昆虫。我可以在这里坐到地老天荒，一直听它们的叫声。”X 呼出一口气道。

尽管他们对彼此有无数的话想说，但此时此刻，他们都保持沉默，并试图理解这种沉默。阿里和 X 时不时地看向对方，这或许是全宇宙中最诡异的一次碰面。他们脑海中翻涌着万千思绪，但大多数都被压抑了，在场的三个人维持着表面的平静。

“我真的非常非常想你。”终于，乔尼开口对阿里说了埋藏在心底已久的话。

阿里点点头，把手放在乔尼的肩膀上轻拍着。

“谢谢你照顾他。”阿里对 X 说道，后者把视线投向地面，仿佛根本没有听到这句感谢。

“真的，”乔尼肯定道，“要是没有 X 的帮助，我就不会在这里，营地也可能不复存在了。”

“原来你是英雄啊。”阿里打趣地说道，但语气中充满了尊重。

“不是。”X 静静地回答道。

“X？你有其他的名字吗？”阿里好奇地问道。

“没有，X 就很好。”乔尼赶紧打断道。

“卡特琳娜，”X 害羞地说，“但是 X 这个名字已经足够了，我不配拥有其他名字。”

乔尼不敢相信自己的耳朵。

“卡特琳娜？”

“我们掉到湖里的那一刻，我想起了这个名字。这是我和爸爸分开的时候，他对我说的。那个时候我完全不懂他是什么意思，以为他在叫别人。我甚至不知道他就是我的爸爸，但是……”

X 没有继续说下去，男孩们都不想打破这被脆弱情绪感

染的氛围。发光的虫子不知在何时消失不见了，只有天上的星星仍在发出光亮。

“我要回地球。”X突然说道，“我想要回地球。我不知道这是否还有可能，但是只要有一丝希望，我都要回去。”

受到惊吓的乔尼瞪大了眼睛，阿里则点了点头，对X的话丝毫未感到诧异，像早就知道了这件事一样。

“这是为什么？”乔尼问道。

“这些昆虫让我想到，我必须救我的妹妹们，还有我的

爸爸……我还不知道他现在怎么样了。也许他已经幸运地离开营地了。我希望他能够逃走。”

此起彼伏的谈话声在夜里翻起涟漪。阿里讲述了他离开营地后是如何翻山越岭、迷路走失，最后被低语者救回来的。然后他问了一个自从他醒来以后就一直困扰他的问题。

“妈妈……”他小声说道，“她还……？”

“还活着，而且恢复得很好。事实上她把这个给我了。”

乔尼把妈妈写的纸条递给哥哥，阿里看了一眼，露出了笑容。

“信念，希望，爱。典型的妈妈会说的话。”阿里笑了一下，但随即又恢复了一本正经的表情。

“你是怎么来到这里的？低语者囚禁你的时候，你在哪里？”乔尼问道。

“囚禁？”阿里听起来很惊讶，“我没有被囚禁。我来到这里的时候已经快累死了，只剩下一口气。我只想好好休息。这些友善的朋友在那样的花朵里给我准备了一张床，我就睡着了。显然，我休息得很好，因为我从没有像现在这样精力充沛过。”

“它们是非常神奇的植物。”乔尼嘴里塞满了叶子，说道。

乔尼看了一眼自己的同伴们，白色低语者的话在他的脑海里盘旋：你拥有伟大的力量。突然，他的目光停在了 X 的身上。

“你的脸和之前不一样了。”乔尼诧异地喊出声。

X 浑身一颤，下意识地伸手摸着太阳穴，手指在侧脸上摸索着什么，但什么都没有找到。伤疤不见了。X 绽开一个大大的笑容。

“回地球？”阿里问道。

“没错！”X 说，“只要有可能。”

第三十一章

它们和清晨的第一缕阳光一起来了——嘶嘶兽，一种长得和狗熊一样、愚蠢又暴力的物种。它们一共有几百只，一边咆哮一边挥舞着手中的长棍穿过草地。它们到了第一个干草编织成的建筑前，瞬间就摧毁了它。房子里面的低语者慌忙跑了出来，发出一声声穿透云霄的悲鸣，然后连忙逃窜到花海中去。看着陷入困境的低语者，乔尼感到十分揪心。四处逃窜的低语者在乔尼的眼中失去了往日的神秘和庄严，这感觉糟糕至极。

一系列谜题在乔尼的脑海中串联起来，他得出了答案。当在森林里摸索前行的时候，他们总有一种被跟踪的感觉，原来是嘶嘶兽一直悄悄地跟在他们身后。乔尼他们为这些丑陋凶残的野兽打开了大门，使它们抓住了这次侵入低语者家园的机会。

嘶嘶兽一边跑一边毫不留情地摧毁了一座又一座低语者

居住的小房子，然后目标明确地向着花海奔去。低语者被它们追赶着四下逃窜。起初，嘶嘶兽的行动看起来像在随机制造骚乱，但过了一会儿，乔尼意识到它们真正的目标到底是什么。

“生命之花！它们想要的是这个！”乔尼对身边的同伴惊呼道。他们还未从惊吓中恢复过来，仍僵在原地。

X 率先回过神，采取了行动。她从地上抓起之前低语者替她保管的长矛，然后爬到挣扎着站了起来的影狮背上，鼓励般地拍了它两下。

“快来！”乔尼抓住哥哥的手，“X 负责吸引它们的注意力，我们必须保护花朵。”

“花朵？保护低语者不是更重要吗？”阿里用颤抖的手指向不远处的低语者们。它们正处于凶狠敌人的爪牙下，在生死边缘挣扎。

“它们为什么不飞起来呢？”乔尼十分不解。

“或许因为它们不会飞。”阿里猜测道。

“我曾经看见过低语者在空中飞，我敢打赌，它们肯定会飞。”乔尼回想起那只黑色的低语者带着它的护卫队飞到

他面前的情景，“但也有可能低语者分不同的品种。所以这样看来，我们也要保护它们。花朵和低语者，我们都要拯救。”

“那你打算怎么做？看看它们！”阿里指着陷入狂欢的残暴的嘶嘶兽，它们已经越来越接近花海了。

他们赶在第一批到达的嘶嘶兽之前来到了花海边缘。两

只最先抵达的嘶嘶兽发现了他们，立刻挥舞着削尖的棍子冲上来，发起第一次攻击。

“现在该怎么办？”阿里说。

与此同时，X 和希望也赶到了他们身旁。X 举起长矛一下子刺穿了一只嘶嘶兽的胸膛。另一只嘶嘶兽被一跃而起的

希望扑倒并压在身下，甚至没来得及发出最后一声哀鸣。

这场战斗引起了其他嘶嘶兽的注意，它们在距离花海前方大概五十米的地方，集结成一支散发着威胁气息的队伍。

“我曾经造成了一个低语者的死亡，我绝不会允许这种事情发生第二次。”乔尼说道。

“这不是你的错，第一次也不是。”

“是我们打开了大门，让这些坏蛋来到了这里，这当然是我们造成的。”乔尼一字一顿地吐露着心声。

X和希望守护在他们旁边。嘶嘶兽放弃了继续毁灭草原上的建筑的打算，而是一股脑地冲着花海边缘的他们跑了过来。

“我们得赶紧离开这儿！”阿里惊恐地喊道。

“你们快骑到希望的背上，我来拦住它们。”X把插在第一只嘶嘶兽胸膛上的长矛抽了出来。

唯一保持沉默的只有乔尼。他沉浸在自己的思绪里，仿佛周围什么也没有发生。他刚才到底在想什么？他觉得自己能用某种神奇的力量彻底摧毁这些入侵者吗？他当然不会拥有这种力量。等一下，白色的低语者曾经提到过——力量。

乔尼用一只手握住旁边花朵的花茎，感到一股温暖又强烈的力量流经他的身体，然后他举起手，好像全部力量都汇

聚到他的指尖。他可以用这双手自由地操控这股力量。乔尼用手指在空中划出一条线，顿时，一道黑色的印记划过清晨的金黄色天空。他用手指操控着这道印记，先是让它螺旋般旋转，之后把它变成一个像炮弹一样的黑色球体，向着嘶嘶兽猛地发射过去。就这么容易。

“虫子！”阿里倒吸了一口凉气。

乔尼对一切仿佛都视而不见，充耳不闻。他的手指一个接一个地引导着昆虫炮弹，数百万的闪光虫和许多其他虫子朝着嘶嘶兽叠加涌动，轰击在它们身上。嘶嘶兽尖叫着后退，愤怒地退回到五十米外。

等到乔尼停止了攻击，嘶嘶兽依旧一片混乱，阿里和X

仿佛见鬼了一样盯着乔尼看。

“发生了什么？”X问道。

“它们从哪来的？”阿里不可思议地问道。现在风平浪静，好似刚才的一切都不存在。

“是你的缘故吗？”X惊疑地问道。

乔尼的脸上同样露出了难以置信的笑容。他抬起手想要再次尝试，但这次只引起了难以察觉的微小震动。

虫子从嘶嘶兽的身上腾空而起，开始到处找地方躲避起来。

嘶嘶兽很快恢复了状态，准备好发起下一轮进攻。这一次，没有什么可以阻挡它们了。

“像刚才那样再来一次，快点！”阿里鼓励道，但乔尼无力的双手垂落在身体两侧，不管这双手曾经有怎样的魔力，这一次都无法实现了。他们也来不及逃跑了，因为最先出发的嘶嘶兽已经到了触手可及的地方，就在他们眼前。一切到此为止。

黑色的低语者从天而降，无声无息地出现在他们和嘶嘶兽的中间。在它身旁，是一排威风凛凛的黑色低语者护卫，它们身上的黑色铠甲在阳光下闪闪发光。嘶嘶兽的攻击瞬间停止，像被眼前一道缓缓升起却又无形的墙壁阻挡住了。这道无形的墙壁使一波又一波冲锋的嘶嘶兽狠狠地摔倒在地上，它们手中的棒子也折成两段。嘶嘶兽像叠罗汉一样在这道无形的屏障前叠成了一堆。

黑色的低语者护卫队开始行动了，它们如同某种调整好的机械装置，步调完全一致地向前推进。它们就像巨大的推

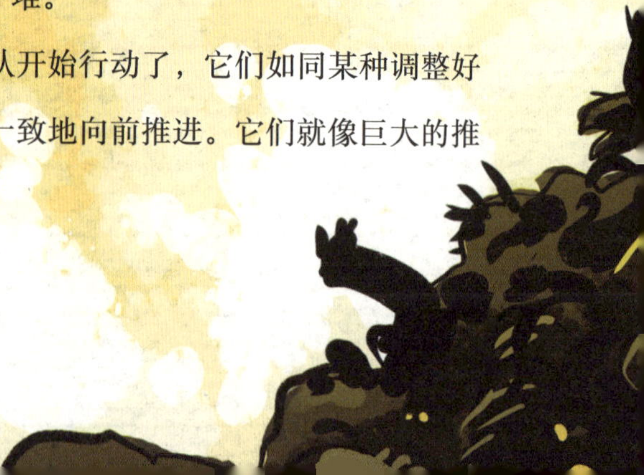

土机一样把嘶嘶兽们往前推。最奇怪的是，整个过程竟然没有一丁点声音。低语者设置的这道无形的屏障，隔绝了嘶嘶兽所有的惨叫声和哀号声。乔尼他们只能看见嘶嘶兽被一股

无形的力量一步步地越推越远，越推越远，直到它们最终完全消失在废墟后面，消失在地平线上。

乔尼转身看向身后，幸存的低语者静静地站在他们身后，一个闪闪发光的白色低语者也在它们中间。

第三十二章

“孩子，你保护了生命之花。”

乔尼严肃地点点头。

“你们打算怎么处理嘶嘶兽？”乔尼问道。

“我们会把它们送到山谷外，然后关上进入山谷的大门。”

“还送走它们？它们可是打算消灭你们整个部落。”

“它们的目标是花蜜，因为它们相信，花蜜能使它们长生不老。”

乔尼低头思索了一会儿，X、希望和阿里一头雾水地旁观着这场无声的对话。

“所以，这是真的吗？”

“没有死亡，就没有生命。没有人可以永远活着。”

乔尼点头。可他心里仍压着一块大石头，那是最让他痛苦的一件事，他依然很难说出口。

“对不起。”

低语者似乎没有听见，或者没有理解乔尼的意思。

“对不起，我曾经把身上的病毒传染给了你的同伴。对不起，是我们把嘶嘶兽引到了这里。”

白色的低语者站直了身体。它微微歪了歪头，头上的触角朝着乔尼的方向落下。

“只有我们追寻的目标才是重要的。”

说完，白色的低语者深深地俯下身体，然后猛地起身，它就这样飞走了。

乔尼觉得现在的自己身心轻松，好像卸掉了沉重的包袱。他的内心充盈着喜悦和解脱的感觉。

过了一会儿，他才注意到脚边放了一个用干草编织的小盒子。他弯腰从地上拾起盒子，盒子里面的东西发出叮当的响声。乔尼小心地打开盖子，原来是一盒种子。

第三十三章

他们花了一整天时间才爬上山坡。他们站在山坡上回头看去，低语者的城市再次出现在视线中。在这么远的地方已经无法看到嘶嘶兽摧毁的房子的废墟了，生命之花的花海也仿佛与这片无边的草地融为一体，很难分辨出来，然而花的香味依旧飘荡在他们的鼻尖，好似一种挽留。

X 和乔尼已经转身继续走了，但是阿里叫住了他们。

“等一下，还有一件重要的事。”

他放下背包，从里面拿出一块折叠整齐的布，上面缝着结实的稻草。阿里把它放到地上，然后抻开了一根极细却又极坚韧的线。他把线的一端绑在穿过了整块彩布的稻草秆的尾部。

“风筝！”乔尼惊喜地说道，“你也注意到了，是吧？”

阿里微笑着点点头。

“这里就是我们在游戏结尾见到的地方。”

曾经，游戏中的时光如永恒般漫长。然而现在他们来到了这里，这片阳光照耀下的草地。马上他们就要放飞风筝，之后就要启程返回营地，寻找其他人。

“只有我们追寻的目标才是重要的。”

“好像没有风。”阿里失望地说道。无精打采的风筝在他的手里垂下了脑袋。

乔尼则微笑着举起手。

第三十四章

伤疤

穿着灰衣服的男人把不断挣扎的X按在一把椅子上。一个男人固定住X的脑袋，另一个男人拿起一把看起来像钉枪的机器。

“乖乖别动，一会儿就好。”

“不要！”X强烈地抵抗道。

“这一点也不疼，几秒钟就结束了。你以后甚至都不会记得它的存在。”

男人加大了控制着X脑袋的力度，另一个男人手中的机器抵在了X的太阳穴上。

“准备好了？”

“准备好了！”

“住手！”就在男人扣动扳机的一瞬间，X尖叫道。机器

震动，在跑掉的X的太阳穴上留下了一条血腥的痕迹。

男人们注视着X逃离的身影。

“让她走吧，我们知道她会去哪儿。”

“你觉得这成功了吗？”

“时间会告诉我们答案。”

开普

162号